文庫

雲雀《ひばり》の太刀

公家武者 信平《のぶひら》(十一)

佐々木裕一

講談社

目次

『公家武者 信平』の
主な登場人物

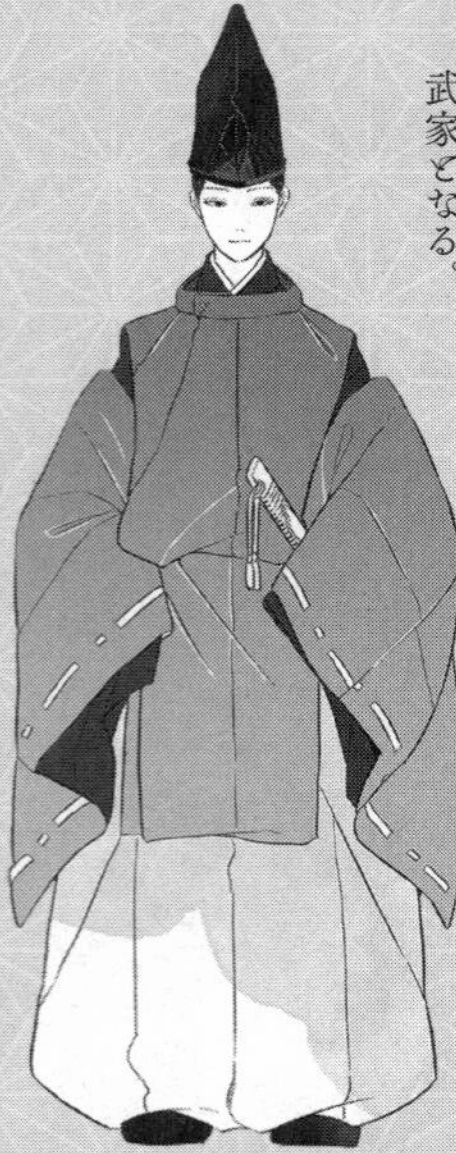

◉鷹《たか》司《つかさ》松《まつ》平《だいら》信《のぶ》平《ひら》

家光《いえみつ》の正室・鷹司孝子《たかこ》（後の本理院《ほんりいん》）の弟。
姉を頼り江戸にくだり
武家となる。

◉松《まつ》姫《ひめ》

徳川頼宣《とくがわよりのぶ》の娘。
将軍・家綱《いえつな》の命で信平に嫁ぐ。

◉信《のぶ》政《まさ》

信平と松姫の一人息子。
元服を迎え福千代から改名し、
修行のため京に赴く。

◉五《ご》味《み》正三《しょうぞう》

北町奉行所与力。
ある事件を通じ信平と知り合い、
身分を超えた友となる。

◉**お初《はつ》**　老中・阿部《あべ》豊後守《ぶんごのかみ》忠秋《ただあき》の命により、信平に監視役として遣わされた「くのいち」。のちに信平の家来となる。

◉**葉山善衛門《はやまぜんえもん》**
家督を譲った後も家光に仕えていた旗本。家光の命により信平に仕える。

◉**道謙《どうけん》**　公家だった信平に、京で剣術を教えた師匠。信政を京に迎える。

◉**四代将軍・家綱《いえつな》**　本理院を姉のように慕い、永く信平を庇護する。

◉**江島佐吉《えじまさきち》**　「四谷の弁慶」を名乗る辻斬りだったが、信平に敗れ家臣になる。

◉**千下頼母《せんげたのも》**　病弱な兄を思い、家に残る決意をした旗本次男。

◉**鈴蔵《りんぞう》**　馬の所有権をめぐり信平と出会い、家来となる。忍びの心得を持つ。

◉**光音《みつね》**　若き陰陽師《おんみょうじ》。加茂光行《かものみつゆき》の孫。千里眼を持つ。

◉**下御門実光《しもみかどさねみつ》**　政《まつりごと》の実権を朝廷に戻そうと暗躍する。京の魑魅《すだま》とも呼ばれる巨魁。

イラスト・Minoru

雲雀の太刀——公家武者 信平《のぶひら》（十一）

第一話　亡国の秘術

一

黒書院《くろしょいん》の外で雷光が瞬《またた》き、空が割れるような音が老中の声をかき消した。

江戸城では朝から幕閣たちが集まり、天下の政《まつりごと》に関する合議がおこなわれていたのだが、つい四半刻《しはんとき》（約三十分）前に終え、将軍家綱《いえつな》に報告がされていた。

政のことはすでに決しており、家綱が口を挟むことは何もない。ゆえに家綱は、上段の間に座して耳をかたむけるのみ。

老中の声が雷鳴に消されても、

「よきに計らえ」

この一言を返せばそれですむのだ。

老中が報告を終えると、家綱は外に顔を向けた。

驟雨《しゅうう》に霞《かす》む庭を眺めながら思うのは、半月前に京へ旅立った鷹司《たかつかさ》松平信平《まつだいらのぶひら》のこと。

「実の姉（本理院《ほんりいん》）を亡くした寂しさも癒えておらぬであろうに、信平にはまた、苦労をさせる。息子の信政《のぶまさ》もしかり」

ぼそりとこぼした言葉を聞き逃さぬのは、右の下手に座している大老酒井雅楽頭忠清《さかいうたのかみただきよ》だ。

酒井は膝を転じて、家綱に言う。

「上様、信平親子のことならば、ご安心ください。今日明日にでも、かの者たちが奈良《なら》に入りまする。下御門実光《しもみかどさねみつ》と思《おぼ》しき銭才《せんさい》とその一味は、この世から消えましょう」

家綱が答えた時に雷鳴がとどろき、声がかき消された。

酒井は聞き取れなかったのだろう、探るような面持ちをしている。

「上様、なんとおっしゃいましたか」

家綱は酒井に微笑《ほほえ》んで首を横に振り、ふたたび外に向けた顔に憂いを浮かべた。

酒井は老中たちと目を合わせて下がらせ、物思いにふける家綱の様子を見守った。

「今日の雨は、いつになく気分が沈む」

眼差《まなざ》しを下げる家綱に対し、酒井をはじめとする幕閣たちは、迂闊《うかつ》に声をかけることをしない。

重苦しい空気が漂う書院の間には、庭を打つ雨音だけが聞こえている。


この時、酒井大老が述べたかの者たちが、暗越《くらがりごえ》奈良街道から密《ひそ》かに奈良へ入ろうとしていた。

鬱蒼《うっそう》と茂る木々で日が当たらぬ峠道は、昼間でも薄暗い。その坂道を軽快なかけ声を発しながらくだるのは、中年の夫婦を乗せた山駕籠《かご》が二つ。駕籠かきたちは健脚ぶりを見せてくだり、荷物を背負う旅の行商を二人ほど追い越して行く。そして、もう少しで峠の麓《ふもと》に到着するというところにさしかかった時、右にあった杉の大木から、一人の侍がつと道に歩み出て、行く手に立ちはだかった。

黒塗りの編笠《あみがさ》に、小袖、黒皮の袖なし胴着、裁着袴《たっつけばかま》、青鞘《あおさや》の太刀を帯びた侍は、道の真ん中に立って動こうとしない。

駕籠かきたちは止まり、先頭の駕籠かきが戸惑った面持ちで言う。

「お侍様、お客さんが急いでおられますから、通らせていただけませんか」

すると、編笠の前を持ち上げた侍が、口角を上げて不敵に微笑む。その眼光の鋭さに、駕籠かきは声を失った。

侍は駕籠かきを見据えて言う。

「うまく化けたつもりだろうが、ここまでだ」

言うなり、青鞘の鯉口《こいぐち》を切り、すらりと抜刀して猛然と迫る。驚く駕籠かきに無言の気合をかけ、袈裟《けさ》懸《が》けに打ち下ろした。

だが、一刀は空を切る。

切っ先を地面すれすれでぴたりと止めた侍は、飛びすさってかわした駕籠かきを睨《にら》み、ふたたび不敵に微笑む。

「その身のこなし、正体を見せたな赤蝮《あかまむし》」

すると、駕籠かきは表情を一変して険しくさせた。手に持っていた杖《つえ》の端をにぎり、仕込みを抜刀して侍と対峙《たいじ》する。

低く構える駕籠かきの後ろでは、何も知らなかった旅の夫婦が目を白黒させながら駕籠から這《は》い出て、他の三人の駕籠かきと抱き合って震えている。

侍が言うとおり、刀を構える駕籠かきは森能《もりの》登守忠利《とのかみただとし》の命を受けた赤蝮だ。

銭才の居場所を突き止めるべく、特に探索力が優れた者が選ばれて奈良を目指していたのだが、

「わけの分からないことをおっしゃいますがねお侍、殺されるわけにはいきませんので相手をさせてもらいますよ」

あくまでも駕籠かきを貫き通して斬りかかった。

侍は一撃をかわして刀を振るうが、駕籠かきは身軽に後転して凶刃から逃れ、峠を駆けくだっていく。

青鞘の侍が他の駕籠かきたちを睨むと、旅の夫婦が悲鳴をあげて、坂の上に逃げていく。三人の駕籠かきも、同じように逃げた。

しかし、行く手の茂みから出てきた五人の黒装束の曲者《くせもの》が旅の夫婦とのあいだに割って入り、三人の駕籠かきに弓矢を射た。

三人は咄嗟《とっさ》に杖で打ち払い、仕込みを抜刀して曲者に迫る。

五人の曲者は弓を捨てて抜刀し、三人に斬りかかる。

両者入り乱れ、激しい斬り合いがはじまった。

三人の駕籠かきならぬ赤蝮の者たちは、仕込み刀を巧みに操り、一人、また一人と倒してゆく。そして三人目の曲者を倒し、隙を見て逃げようとした。

そうはさせじと青鞘が加勢に駆け付け、追い付かれた赤蝮の一人が斬殺された。

二人の赤蝮は、行く手を塞ぐ四人目の曲者を切り倒し、山に逃げようとした。しかし青鞘ともう一人の曲者に阻《はば》まれ、足を斬られて動きを封じられた。

激痛に呻《うめ》きながら道に倒れる赤蝮の二人に、青鞘の侍が切っ先を向け、勝ち誇った顔で言う。

「残念だったな。今、楽にしてやろう」

刀を振り上げた青鞘は二人を斬殺し、残った配下に言う。

「逃げた者の他にもいるはずだ。捜すぞ」

「はは」

二人は峠を走ってのぼり、やがて茂みの向こうに見えなくなった。

静けさが戻った道に出てきたのは、旅の行商に化けている男が二人。こちらも赤蝮である二人は一度だけ目を合わせてうなずき、距離を空けて峠をくだってゆく。

倒れている仲間に恐れた様子を演じて離れ、旅の行商に徹してこの場を逃れようとしている。

峠の曲がり道を右にくだった先で、逃げた駕籠かきが倒れていた。

二人はここでも、恐れたふりをして先を急いだ。だがその者たちの前に、新手が現れた。一人は肥前《ひぜん》、もう一人は近江《おうみ》だ。

三倉内匠助《みくらたくみのすけ》を帯びている二人の剣気は、青鞘の侍の比ではない。

立ち止まる赤蝮の二人は、それでも行商を演じて、恐れおののいて見せた。

近江が肥前に、意地の悪い顔を向ける。

「どうした。次はお前の番だ。それとも、気がすすまぬか」

逃げてきた駕籠かきを一刀両断している近江は、まあいいだろう、と言い、鯉口を切って赤蝮に向かおうとしたが、肥前が止めた。

ほくそ笑んで下がる近江を横目に、肥前が抜刀して出る。

「な、何をなさいます」

怯《おび》える行商の男に、肥前が言う。

「芝居は達者だが、我らの目は誤魔化《ごまか》せぬ。おぬしの身体《からだ》からは、商人にはない殺気を感じる」

切っ先を相手の喉《のど》に向けて刀を構える肥前。

すると、行商の男に殺気が満ち、背負っている荷物を投げてきた。

肥前が一刀で荷物を両断すると同時に、白い粉が飛び散った。

「むう」

仕込まれていた目潰しの粉を食らった肥前が下がるのに勢い付いた赤蝮が、腰に隠していた小刀を左右の手で抜き、両刀を向けて襲いかかった。

右手で斬りかかる刃を、左手ににぎる太刀で受け止めた肥前であるが、相手は、左手の小刀を肥前の腹めがけて突き出した。

肥前は右手で手首をつかんで止め、力を込める。

凄《すさ》まじい握力によって骨がきしみ、さすがの赤蝮も呻き声をあげた。

肥前は相手の額に頭突きした。怯《ひる》んだところを蹴り離した刹那《せつな》、もう一人の商人が右側から斬りかかってきた。

肥前はその者を見もせず刃をかわしたが、相手はそのまま走り去ろうとする。

咄嗟に脇差を抜いた肥前が投げ打つと、背中に突き刺さり、断末魔の悲鳴をあげて突っ伏した。

肥前の頭突きで倒れていた赤蝮が、這って離れようとしている。

とどめを刺した近江が、肥前をあざ笑いながら歩み寄る。

「今日の剣はまったく冴《さ》えておらぬな。妹のために働くのがいやになったか。それとも、銭才様に従う気が失《う》せたのか」

肥前は、差し出された布で顔の粉を拭《ぬぐ》い、近江を見据えた。

「そう思うのは、お前たちがおれを疑っているからであろう。妹に会わせぬほど疑うなら、ここでおれを殺したらどうだ」

近江は声高に笑う。

「そう怒るな。役目に励んでおれば、そのうち会えるようになる。おれは密偵が他にもおるから始末しにゆく。お前は、言われたとおりに動け」

「承知した」

「言っておくが、妙な気持ちは起こさぬことだ。妹のためにもな」

「しつこく言わずとも、分かっている」

「ならばよい」

近江は肥前の肩をたたき、峠を大坂方面にのぼっていった。

肥前は、斬り殺した者たちを見下ろした。

「許せ」

小声で言うと太刀を鞘に納め、近江とは別の道へ走り去った。

二

家来たちと密かに上洛《じょうらく》した鷹司松平信平は、三条橋《さんじょう》でふと足を止めた。鴨川《かもがわ》から水鳥が飛び立つ羽音に気を取られたのだ。母親に連れられた幼い男児が欄干《らんかん》から顔を出し、川を指差して何か言っている。だが母親は、子が落ちやしないか心配して話を聞かず、引き戻して抱き上げた。

見ていた信平は、月見台から池の鯉を見ようとする信政を案じていた松姫《まつひめ》を思い出し、あの頃を懐かしく感じた。

遠い赤坂《あかさか》の屋敷《やしき》にいる松姫を想《おも》い、宮中にいる信政を想う。

男児を抱いて橋を渡ってゆく母親の背中を見ていた信平は、眼差しを町に転じた。

下御門とその一味の陰謀を一日も早く止めなければ、京が戦の炎に包まれるおそれがある。

改めて思えば、長い戦いになっている。はじまったのは、信平が宇治《うじ》に賜《たまわ》った領地におもむいた二年前だ。贋作《がんさく》の名刀事件を機に、帝《みかど》の刀匠、三倉内匠助の存在を知り、内匠助が打つ見事な刀剣を欲する銭才の魔の手から助け出した時から、信平と銭才の戦いははじまった。

そして翌年、舞台は江戸に移り、大量の武具と大きな力を得ようとする銭才の陰謀により、陸奥《むつ》山元《やまもと》藩が御家騒動《おいえそうどう》の危機に陥った。信平は、当時十二歳だった若き藩主宇多《うだ》長門守忠興《ながとのかみただおき》を助け、御家を乗っ取ろうとしていた者どもを倒して阻止した。

だが銭才の動きを封じることは叶《かな》わず、戦いの舞台は陸奥に移る。

陸奥国の有力大名である井田《いだ》家を牛耳《ぎゅうじ》る家老の熊澤豊後《くまざわぶんご》は、銭才自慢の十士の一人。銭才は、特に優れた十人を集め、側近中の側近である近江と、剣技に優れた肥前に並び、豊後を重用していた。

その豊後は、徳川《とくがわ》に奪われた井田家の旧領を取り返しに動くべく、蜘蛛《くも》一党の女頭領菱《りょう》を味方に付け、三万の忍びを戦力に加えようとするも、信平が菱と手を組み阻止する。

だが豊後は、菱から頭目の座を奪おうとする薄雪《うすゆき》と手下を使い、井田家の兵を動かして山元藩の城を攻め落とし、井田家の旧領を徳川から奪い返すことに成功する。

若き藩主宇多長門守忠興は、公儀の責めを受けて美濃大島《みのおおしま》藩森家のお預けとなり、陸奥の戦いは終わった。

信平は、銭才が強大な力を得たと案じていたが、忠興がお預けとなった大島藩森家が動く。将軍家の暗殺集団である赤蝮の頭領である森能登守は、配下に命じて豊後を暗殺。さらに井田家の当主と父をも暗殺し、大戦をせずに、江戸から北にあった銭才の勢力を一掃したのだ。

そして信平は、将軍家綱より加増され、実の姉本理院の領地を受け継いだ。

我が子信政が、下御門実光が躍起になって捜している先帝の血を引く孫娘に関わっているとは知る由《よし》もなく、新しい領地に入った。ところが、十年前に消滅した村を訪れた時に肥前と出会い、かの者の秘密と、下御門実光の真の狙いを知った。

信平は、亡き本理院から引き継いだ牡丹村《ぼたんむら》の因縁を想い、銭才に捕らえられた妹のために悪事を重ねる肥前、いや、元牡丹村の村長《むらおさ》であり、本理院に忠義を尽くした下《しも》川《かわ》家の嫡男博道《ひろみち》の苦しみを想う。そして、無惨に殺された牡丹村の民たち。銭才に与《くみ》した陸奥藩井田家との戦いによって命を落とした山元藩の兵や民たちの顔が、頭から離れることはない。

すべては、京の魑魅《すだま》と言われた下御門実光の仕業《しわざ》。

徳川を恨んでか、それとも自らを京から追い出した朝廷を見返すための所業なのか、今の信平に知る術はない。

銭才と下御門実光が同一人物かはまだ分からぬが、下御門の野望のせいで多くの者たちが命を落とした。その者たちの無念を胸に刻んだ信平は、下御門の野望を打ち砕くと改めて誓った。

成し遂げるには、先帝の血を引く薫子《かおるこ》を下御門よりも先に見つけ出さねばならぬ。それにはおそらく、肥前の力が必要となろう。

本理院が亡くなるまで案じていた肥前と妹を銭才の手から奪い返し、霊前で報告をしたいとも思う信平は、肥前の今を想いながら、江戸を発《た》ったのだ。

穏やかな鴨川の流れと京の町を眺めながら、改めてこれまでのことを考えていた信平は、静かに待っている佐吉《さきち》たちに向いた。

「これよりは、厳しい日が続くことになろう。構えて油断せぬように」

考えごとをしていた信平の邪魔をしなかった家来たちは、揃《そろ》って頭を下げた。

家来たちと橋を渡り、町中を歩んだ信平は、堺町《さかいまち》御門に隣接する鷹司家に入った。

当主房輔《ふさすけ》は信平よりひとつ年下だが、又甥《またおい》だ。

房輔は本理院の死を悼み、

「江戸では、本理院様と親しく付き合いがあられたとうかがっておりまする」

と、信平を気遣った。

そして感傷にひたる間もなく、房輔は信平に言う。

「ご子息信政殿は帝の覚えめでたく、ようお仕《つか》えしていると耳にし、麿《まろ》も安堵《あんど》しているところです。信平殿が上洛されたのは、信政殿を案じられてのことですか」

「それもありますが、主に下御門実光のことです」

すると房輔の表情が曇った。

「やはりそうでしたか。本理院様の領地を引き継がれたと聞いた時は、重き役目を命じられるのではないかと案じておりましたが、まさか、下御門の悪《あ》しきたくらみを止めよとは、徳川殿は人使いが荒い」

「臣下の役目を果たすまで」

信平はそう答えた。

本理院は、領地で生まれ育った肥前が銭才の手に落ちたことを知らぬまま、亡くなるまで行方《ゆくえ》を案じていた。房輔が言うとおり、此度《こたび》の上洛と、下御門の一件に関わるのは重い役目に違いないが、本理院のことを思うと、領地を継いだ者のさだめのような気がしている信平だ。

房輔は、すべてを心得ている面持ちで信平を見てきた。その厳しい眼差しは一瞬で消え、微笑む。

「ところで、東畠《ひがしばたけ》家の次男を新たに召し抱えられたとか」

信平も微笑みを浮かべて応じる。

「よくご存じで」

「父親の君綱《きみつな》殿とは親しくしておりますから、一報をいただきました。供の部屋に控えているのなら、紹介していただけますか」

「あいにく直義《なおよし》は、供をさせておりませぬ。本理院様から受け継いだ領地で役目に励んでおります」

「そうでしたか」

「殿下に、二つお訊《たず》ねしたいことがございます」

「なんなりと」

「まずは、先帝と下御門の娘の血を引くお子のことです。名は薫子と申しますが、ご存じですか」

代々朝廷の要職に就く家柄だけに知っているものと思う信平であるが、房輔の反応は鈍かった。

「薫子……」

房輔は名を言い、考えていたが、先帝にそのような子がいるのは知らないと、はっきり断言した。

鷹司家の者が知らぬことに、信平は驚かずにはいられない。

「先帝のお子を隠せる者に心当たりはありませぬか」

そう問うと、房輔は唇を引き結んで考えていたが、首を横に振った。

「下御門が追放されたこともあり、娘は徳川を恐れて密かに子を産み、隠したとしか思えませせぬ」

どうやらほんとうに知らぬようだと思う信平は、話を変えた。

「二つ目にお訊ねしたいのは、江戸にくだられる本理院様に随行した、下川家のことです」

房輔はうなずく。

「長らく当家に仕えていた忠臣です」

「十年前のことを、ご存じですか」

「むろんです。まことに、辛《つら》い出来事でした」

「下川家の縁者は、健在ですか」

「遠縁の者がおりますが、下川家が、何か」

逆に問われた信平は、肥前と妹お絹《きぬ》の身に起きていることを隠さず話した。

銭才に捕らえられた妹のために働いている肥前の苦難に、房輔は胸を痛めた様子だった。

「なんとも、悲しい話です」

そう言ったものの、縁者とて、下川家について詳しく知る者はいないはずだという。

本理院と共に江戸にくだって長い年月が経《た》っているだけに、無理もない。

信平の力になれず、いささか残念そうな房輔は、気を取りなおして言う。

「道謙《どうけん》様と法皇《ほうおう》（後水尾《ごみずのお》）様に信平殿の上洛をお伝えしたところ、首を長《なご》うして待っておられます」

知らせてくれたことに、信平は感謝の意を示して頭を下げた。

「おそれいります。では、早々に」

辞そうとした信平に、房輔が言う。

「逗留先《とうりゆう》はお決まりか」

「いえ、これから家来が手配します」

「では、ここにお泊まりくだされ」

思わぬ言葉に、信平は房輔の目を見た。

庶子《しよし》である信平は、実家であるこの屋敷で暮らしたことがないからだ。

房輔が穏やかな面持ちで言う。

「信平殿は、本理院様の領地を継がれたのですし、同じ鷹司家の者として誇りに思うておりますから、なんの遠慮がいりましょう。禁裏にも近いこの屋敷にお泊まりくだされ」

信平は居住まいを正し、房輔に平伏《ひれふ》した。

「では、お言葉に甘えまする」

房輔は嬉《うれ》しそうにうなずき、家来たちには離れを用意していると言い、控えている者に告げる。

「昌広《まさひろ》、信平殿を部屋に案内いたせ」

「はは」

白無地の着物に紫の括《くく》り袴《ばかま》を着けた二十代の家来が、廊下で信平を待った。

房輔が言う。

「信平殿、この者が下川家の縁者です。世話役に付けますから、なんなりとお申しつけください」

「おそれいります」

信平が廊下に出ると、昌広は頭を下げて先に立った。

案内された部屋は、泉水の中島に架かる朱色の太鼓橋を見ることができる客間だった。

板張りの座敷《ざしき》の上手に二畳ほど畳が敷かれ、山河が描かれた屏風《びょうぶ》を背中側に置き、左右には几帳《きちょう》を配した、公家《くげ》ならではの装飾が施されている。

信平は昌広が促《うなが》すまま、畳に敷かれている褥《しとね》に座した。

下手で向き合って正座した昌広が、改めて名乗る。

「小西《こにし》昌広と申します。本理院様に従い江戸にくだった下川の者とは縁戚に当たります」

頭を下げる昌広に、信平は肥前のことを問わずにはいられなかった。

「では、下川家を襲った不幸は知っているのか」

「亡き父から聞いてございます」

「嫡男博道と、妹のこともか」

昌広は真顔でうなずく。

「お目にかかったことはありませぬが、行方知れずだと承知しております」

「博道との縁は近いのか」

「わたしの父が、博道殿の父親と従兄弟《いとこ》に当たります」

信平は昌広の表情を読み、房輔がこの者を世話役に付けた気遣いを思う。

「麿は博道兄妹《きょうだい》を助けたいと思い上洛した」

すると昌広は、驚いた顔をした。

「行方をご存じなのですか」

「どこにおるかは分かっておらぬ」

「では是非とも、わたしにも手伝わせてください」

「有り難いことだが、そなたを巻き込むわけにはいかぬゆえ、気持ちだけいただく」

昌広は一瞬だけ残念そうな顔をしたが、居住まいを正した。

「はは。では、ご家来衆をご案内してまいります」

「頼む」

下がった昌広に案内されてきた佐吉たち家来が、狩衣《かりぎぬ》を着けた信平が座る下手に並び、これが関白様の御屋敷ですか、と言いつつ、部屋と、部屋から見える庭に興味を示している。

佐吉などは、座している信平をまじまじと見て、

「殿はやはり、武家の屋敷より公家の屋敷が似合いますな」

などと言う。

信平は笑った。

「狩衣のせいであろう」

「いいえ、絵になるのですよ。のう、お前たちもそう思うだろう」

小暮一京《こぐれいっけい》と山波新十郎《やまなみしんじゅうろう》が声を揃えて同意し、信平に目を輝かせている。

そんな若い二人を見ていた鈴蔵《りんぞう》が、信平に言う。

「お二人は京に入った時から、京は美しい、殿によようお似合いだと申しておりました」

「狩衣のせいであろう」

信平は笑って繰り返し、改めて言う。

「麿はこれより仙洞御所《せんとうごしょ》にまいる。そなたたちは荷を解き、ゆっくり休んでおれ」

「殿、それがしがお供をいたします」

申し出る新十郎に、信平は首を横に振る。

「御所はすぐそこゆえよい」

狐丸《きつねまる》も帯びず座を立った信平は、頭を下げて見送る家来たちの前を通って廊下に出た。

昌広が先に立ち、信平を戸口に連れて行く。

表門の外まで出て見送る昌広に、佐吉たちを頼むと言った信平は、人気《ひとけ》のない通りを歩いて仙洞御所に向かった。

まずは法皇にあいさつをした信平は、久しぶりに会う師、道謙に言う。

「ますます、若返られたように見えまする」

驚くほど肌艶がよく、あぐらをかく背筋もよい。

気をよくした道謙は満足した面持ちでうなずき、目を細めた。

「禁裏が騒がしいゆえ、老け込んでもおれぬ。のう、法皇様」

道謙の隣に座している法皇が相槌《あいづち》を打ち、信平に言う。

「下御門実光のことは、どこまでつかんでおる」

信平は居住まいを正し、銭才が下御門だと睨んでいること、牡丹村で肥前から教えられた下御門のたくらみなど、これまで得ていることを包み隠さず話した。

黙って耳をかたむけていた法皇と道謙は、下御門が先帝の血を引く孫娘を天子に据えて天下を手中にしようとしていることに眉根を寄せ、顔を見合わせた。

道謙が言う。

「天をも恐れぬ所業じゃ」

「まったくです」

法皇は動揺を隠せぬ様子で答え、信平に厳しい顔を向けて問う。

「そなたの話を聞いておる時、帝のおそばにおるのが下御門の孫かと思うたが、まことに、おなごなのか」

「名は、薫子と申します」

信平が教えると、法皇は呻き、道謙は顎《あご》をつまんで顔をしかめた。

「帝がそばに置いておられるのは若い男じゃ。わしはその者が、薫子の居場所を知っておると見た。信政に探らせるか」

「信政の顔を見て、直《じか》に話しとうございます」

道謙は渋い顔をした。

「それは難しい。信政は関白の養子ということになっておるゆえ、そなたが会う理由がない。今の信政と会うのを許されているのは、一条内房《いちじょううちふさ》のみじゃ」

「関白殿下とも、会えぬのですか」

「会えぬ」

帝の強い態度に信平は疑念を抱くも、禁裏に鈴蔵を送り込むまではしなかった。

「では師匠、信政に文を届けたいのですが」

「よかろう。書くがよい」

紙と筆を借りた信平は信政に文をしたため、道謙に渡した。

封をした文を見つめる道謙に、法皇が言う。

「一条内房に届けさせましょう」

信平は法皇に頭を下げた。

「わたしが上洛した目的は、他言無用に願いまする」

法皇は渋い顔を信平に向ける。

「一条にも伏せるか」

「下御門は侮れませぬ」

「分かった。信政から返事がくれば声をかける。どこに逗留しておる」

「関白殿下の屋敷でお世話になります」

「ほほう、それはよい。目と鼻の先じゃ。下がってよいぞ」

「はは」

信平は平伏し、二人の前から辞した。

廊下を去る信平を見ていた法皇が、道謙に言う。

「なかなか、よい面構えをしておるな」

道謙は法皇に目を細める。

「わたしたちにくらべれば、まだまだ洟垂《はなた》れですぞ」

法皇は愉快そうに笑った。

「弟子は子と同じという意味ですか」

道謙は否定せず、信平が託した文を見つめて思案した。

三

禁裏御所で一日の仕事を終えた信政は、薫子と夕餉《ゆうげ》をすませて自分の部屋にいた。

書物を開いていたのだが、

「一日も怠ってはならぬ」

ふと、道謙の声が頭に浮かび、立ち上がって部屋の真ん中に移動した。

左足を前に出して膝を曲げ、左の手刀を構え、太刀をにぎったつもりの右腕を身体の背後に隠す。

目の前に道謙がいるつもりで目を閉じ、呼吸を整える。

瞼《まぶた》に浮かぶ道謙が、未熟者め、と薄笑いし、すっと迫ってくる。

目を閉じたままの信政は、道謙が打ち下ろす木刀をかわし、

「えい！」

声に出さぬ気合をかけて右手を振るう。

背後を取られた想定で木刀をかわし、道謙の腹を打つ気で右手を振るう。

見事に当たったと想像する信政は、気分をよくして目を開けた。埃《ほこり》をはたくための道具が目に止まり、歩み寄る。竹の柄をつかんでくるりと回転させ、束ねた布のほうに持ち替えた信政は、先ほどと同じ構えをした。

ふたたび目を閉じれば道謙が浮かび、迫ってくる。

引いて一刀をかわした信政は、

「えい！」

右手ににぎって背後に隠していた木刀ならぬはたきを振るい、正面に立つ道謙の喉元でぴたりと止めた。

「何をしているのです！」

突然の声に目を開けると、目の前に定蔵東子《さだくらとうこ》が立っていた。

はっとなった信政は、片膝をついて頭を垂れた。

「失礼しました」

東子はひとつ鼻息をつく。

「見たところ、掃除をしていたようには見えませぬが、関白様のご養子が剣術の真似《まね》事《ごと》ですか」

信平の子であり、道謙の弟子だと言えるはずもなく黙っていると、東子があきらめたような息を吐く。

「まあいいでしょう。一条殿が、いつもの場所に来るようにと仰《おお》せです」

「承知しました」

「明日のお勤めがありますから、戻ったら静かに休むように。よいですね」

「はは」

戻る東子を見送った信政は、油断した己に苦笑いをした。鞍馬山《くらまやま》では虫の気配すら察することができたはずなのに、と思ったのだ。

動揺したまま部屋を出たせいで、はたきを持っていることを途中で思い出したが、戻る時間を惜しんでそのまま急いだ。

紫宸殿《ししんでん》前に行くと、右近《うこん》の橘《たちばな》の前で月を見上げていた一条内房が気付き、顔を向けてきた。歩み寄る信政を見て、いぶかしそうな顔で言う。

「夜に掃除をさせられているのか」

帯に差したはたきを指差された信政は、腰に隠した。

「剣術の稽古をしていた時に、東子殿が呼びにまいられたもので」

「はたきで稽古か」

笑った内房は、すぐに笑みを消して文を差し出した。

「信平殿からじゃ」

信政は驚いた。

「父上から。どうして一条様がお届けに。もしや、上洛されたのですか」

「落ち着け」

「すみません」

恐縮する信政に内房は薄い笑みを浮かべ、また真顔になって言う。

「そなたの父は、何をしに上洛したのか我らには言わぬ。この場で文を読み、帝か下御門のことが書かれておれば教えてくれ」

帝のそばに仕える自分に、父が何を告げるのか知りたいのは当然のこと。

そう思う信政は、

「分かりました」

言われるとおりに文を開けた。

だが二重に封がしてあり、表には、見紛《みまが》うはずもない道謙の字が書かれている。

ちらりと内房を見れば、どうしたという面持ちをされた。

信政は表書きを見せた。

「師、道謙様には逆らえませせぬ」

一人で読め

この文字を見た内房は、微笑んだ。

含んだ笑みが、信政には不気味だった。

「まあよい」

それでも読めと言われるに違いないと思う信政の気持ちに反して、内房はあっさりしたもの。

「確かに渡したぞ」

そう言って、帰っていった。

見えなくなるまでその場にいた信政は、橘の木から離れて自室に戻った。外廊下を歩いていた時、背後から東子に呼び止められた。

立ち止まって振り向くと、手燭《てしょく》を持った東子が歩み寄る。明かりに浮かぶ顔は色白で、目つきは厳しい。

「一条殿の用向きは、何でしたか」

警戒したように問う東子。

信政は、一人で読めと記された文のことは隠した。

「なんでもありません。いつもの様子うかがいでした」

「そう」

「では、お休みなさい」

信政は頭を下げ、すぐそこにある自室の障子を開けた。中に入って障子を閉める時に外の様子を見ると、東子は廊下を引き上げている。そして角を曲がり、手燭の明かりが遠ざかって暗くなった。

文机《ふづくえ》の前に座した信政は、文を出して見つめる。一人で読めと書かれた表書きを裏返して封を開け、中から取り出した文の表には何も書かれていない。はやる気持ちを抑えて封を切り、文を開いて見れば、確かに父信平の字だ。

息災か

からはじまる文には、会おうとしても会えなかったこと。弘親《ひろちか》なる若者は、実はおなごではないか。と問われ、もしおなごであれば文にて知らせるよう記されていた。

読み終えた信政は、両手に持つ文を膝に置いて行灯《あんどん》の明かりを見つめた。

正直に書けば、薫子との約束を破ることになる。かといって、父に嘘《うそ》はつけない。

まさか信平が上洛するとは思ってもいなかった信政は、薫子の存在は道謙にも隠すと決めていた。

信政は文を見つめた。父がどこまで知っているのか、この文からは読み取れないからだ。

帝が人を遠ざけているのは、朝廷の者たちや禁裏付を心配させている。そのことを知り、そばに仕える自分にただ訊《き》いてみただけならば、知らぬふりをして返事を出せばすむ。だが、薄々勘づいての問いならば、息子の嘘を許すだろうか。

何より信政自身が、父に嘘をつきたくなかった。

だがそれでは、薫子を裏切ることになる。

信政は、文を見つめていた目を閉じ、うな垂れて悩んだ。

ふっと、行灯の火が消えた。

火を着けた時、菜種油を足すのを忘れていたことを思い出した信政は、目が慣れるのを待った。月明かりでぼんやりと手元が見えはじめたところで行灯に油を足し、蠟《ろう》燭《そく》を持って種火をもらいに廊下へ出た。

「どうしよう」

帝が暮らす御所へ続く渡殿《わたどの》に吊《つ》るしてある灯籠《とうろう》まで行き、付け木に火を移して蠟燭を灯《とも》した。

ふと空を見上げれば、満月が美しい。

気配を感じた信政は、そちらに目を向けた。すると、廊下の端に立った薫子が、満月を見上げていた。

黒い狩衣と白の指貫《さしぬき》に、立烏帽子《たてえぼし》を着けて男装しているが、淡い月明かりに浮かぶ薫子の横顔の美しさに信政は息を吞《の》み、目が離せなくなった。同時に、昼間に見た、どこか寂しそうな薫子の顔を思い出し、信政はますます、気持ちが重くなった。

そっとその場を離れて部屋に戻った信政は、行灯に火を灯すことなく蠟燭を燭台《しょくだい》に刺し、文机に置いたままにしていた父の文を取った。

この文を禁裏付の舘川肥後守《たちかわひごのかみ》や茂木大善《もぎだいぜん》に見られてはいけないと思う信政は、急いで戻ったのだ。

破ろうと手をかけたが、父からの文を破ることはできなかった。人目に付かぬ場所に隠そうとして見回してみたが、長持と文机しかない殺風景な部屋で隠せるとすれば、夜着を納めている場所のみ。

襖《ふすま》を開けて、どこに隠すべきか考えている時、外障子が開けられた。

顔だけ向けて見ると、薫子が勝手に入ってきたので信政は焦って振り向いた。手を後ろに回した信政を見る薫子の目つきが、険しくなった。

「密書ですか」

「いえ、父からの手紙です」

「そうですか」

薫子は表情を曇らせた。

隠し立てしたことで気分を悪くさせたのだと思う信政は、薫子の腕を引いて中に入れ、障子を閉めた。

立ったまま向き合う薫子は、目を見てきた。

信政は目を合わせることができず、腹の前で重ねられている薫子の手を見ながら己の素姓を明かした。そして、改めて言う。

「父は、そなた様がおなごではないかと疑っています。それで、この文を人に見られてはいけないと思い、隠し場所を考えていました」

すると薫子は、重ねていた右手を差し出してきた。

黙って渡すと、薫子は迷うことなく文を真っ二つに破り、さらに細かくして狩衣の懐《ふところ》に入れた。そして問う。

「黙っていてくれますか」

「秘密は、誰にも言いませぬ」

「父親に嘘をつくことになってもですか」

真《ま》っ直《す》ぐな目を向けられた信政は、思わずうなずく。

うなずいたものの、父と師に嘘をつくことになるとも思い、躊躇《ためら》いが生じた。

薫子は、信政の手を取った。

信政は引こうとするも、薫子は離さない。

「わたくしの秘密が外に出れば、ここにはいられなくなります」

薫子の言うとおりだ。公儀の知るところとなれば、下御門の手に落ちる前に命を奪われると思う信政は、きつく目を閉じた。そして、薫子の手をにぎり返し、力を込めて顔を上げた。

「薫子様をお守りすると、こころに決めました。父には、いえ、相手が誰であろうと言いませぬ」

薫子は安堵した顔をしたが、すぐに、悲しそうな目を伏せた。

信政は案じる。

「信用していただけませぬか」

「いえ、そうではないのです。信政殿を苦しめると思い、申しわけなく……」

「わたしのことは気にしないでください。薫子様こそ、苦しんでおられるご様子」

　薫子は、信政から手を離して一歩下がり、蠟燭を見つめて言う。

「そなた様も、役目があってここに来たはず。わたくしのせいで、苦しむことになると思うと辛いのです」

「薫子様、わたしは下御門の陰謀を阻止するために、あなた様をここから出してはならぬと思うからこそお守りするのです。苦しいとは思いませぬ」

　薫子は辛そうに目を閉じ、うつむいた。

「わたくしはいつまで、偽って生きなければいけないのでしょう」

　信政は何も言えずに黙っていた。

「今は、耐え忍ばねばならぬ時ぞ」

　廊下で声がし、障子が開けられた。

「帝！」

　信政は驚いて下がり、薫子と共に平伏した。

　帝は部屋に入って言う。

「二人とも、面を上げよ」

薫子は上げたが、信政は僅《わず》かに上げたのみで、帝のつま先を見つめた。

「声が外まで聞こえているぞ。信政」

「はは」

「そなたはいつから、薫子の秘密に気付いていたのか」

信政はふたたび平伏した。

「申しわけありませぬ」

「問うたことに答えよ」

帝が言うと、薫子が口を開いた。

「わたくしの油断が元です。誰にも明かさぬと約束してくださいましたから、どうかお許しください」

帝は厳しい顔で言う。

「ここで話はできぬ。二人とも、共にまいれ」

先に出た帝に従う薫子が、信政を促した。

顔を上げた信政は、立ち上がって後に続く。

御所に渡った信政は、部屋の上座に正座した帝の前に薫子と並んで平伏し、言葉もない。

帝が面を上げさせ、信政を見て言う。

「薫子がここにおることが下御門の知るところとなれば、必ず奪いにまいる。信政、薫子が下御門に連れて行かれれば、この世が二つに割れ、大乱が起こるであろう。朕《ちん》は、それだけは避けたいのじゃ」

誰にも言わぬと薫子に誓った信政だったが、父信平の助けがあれば心強いと思い、帝の言葉があればと考えたが、関白の養子として入っているため、言えるはずもなかった。

そんな信政の顔色を見ていた帝が言葉をかけた。

「思うことがあれば遠慮せずに申してみよ」

「いえ……」

信政は平伏した。

帝が言う。

「信政、朕の気持ちは分かってくれるか」

「誰にも申しませぬ」

「それでよい。薫子のことは、我ら三人だけの秘密じゃ」

「はは。この信政が、薫子様を必ずやお守りいたします」

誓いを立てる信政に、帝は微笑んでうなずいた。

「それを聞いて安心した。薫子と話がある。そなたは下がってよい」

信政は応じて辞去した。

部屋に戻り、短くなった蠟燭の火を行灯に移して文机の前に座した。薫子が細かく刻んだ文の切れ端が落ちているのに気付き、手に取って見る。

「偽」の字が読み取れる。


世が乱れる恐れがあるゆえ、偽りなく知らせるように

文に書かれていたことを一字一句覚えている信政は、切れ端を右手でにぎり、きつく瞼を閉じた。

父上ならば、黙っていても真実を突き止められるだろう。いや、その前に下御門を倒されるはず。

そう信じることにした信政は、帝と薫子に対する今の気持ちに従うのだと自分に言い聞かせ、瞼を開けた。

「父上、師匠、申しわけありませぬ」

意を決した信政は、硯《すずり》に墨を磨《す》り、筆を執《と》って文をしたためた。

四

師、道謙の呼び出しを小西昌広から受けた信平は、鈴蔵のみを連れて仙洞御所に急いだ。出迎えた御所の者は信平を案内し、外廊下の角を曲がったところで立ち止まり、先を促す。

鈴蔵を残して一人で歩んだ信平が部屋に行くと、道謙はそこにはおらず、待っていた付き人が、庭にいらっしゃいます、と教えた。

広縁から見れば、道謙は池のほとりに立っていた。その後ろ姿は、剣の達人ゆえの筋骨が成せるのか、年寄りには見えぬ。

履物《はきもの》を支度してくれた付き人に礼を言った信平は、広縁から下りて道謙に歩み寄る。

「来たか」

見もせず言う道謙の背後で、信平は片膝をつく。

道謙が横顔を向け、文を差し出した。

「つい先ほど、一条が届けに来た。読んでみよ」

「はい」

受け取った文は、糊《のり》で封をされたままだ。表には何も記されていない。

指で糊止めを外し、開いて見る。

信政の字で書かれていたのは、弘親は男だということ。

帝が一条内房をはじめとする側近を遠ざけた理由は、何も書かれていない。

そして、帝は息災だと伝えていた。

読み終えた信平は、信政が偽っているとは思いもせず、薫子がそばにいないことにひとまず安堵し、文を道謙に差し出した。

受け取って目を通す道謙に、信平は言う。

「これより、加茂《かも》家にまいります」

「光音《みつね》に、薫子の居場所を探らせるか」

「はい」

道謙は読み終えた文を信平に返した。

「では、わしも行こう」

応じた信平は、鈴蔵を加茂家に走らせて在宅を確かめさせようとしたが、道謙が言う。

「光行《みつゆき》と光音は大人しゅうしておるから在宅のはずじゃ。時が惜しいゆえ今から出よう」

付き人が駕籠の支度をしようとしたが、道謙は町駕籠を望んだ。目立ちたくないのだ。

程なく、裏門に横付けされた町駕籠に道謙を乗せた信平は、鈴蔵に露払いをさせて駕籠に寄り添い、町中を歩んだ。

加茂家に到着したのは、昼を過ぎた頃だ。

鈴蔵が駕籠かきに酒手《さかて》を弾んで帰すのを横目に、信平は道謙を促して屋敷に入る。

表玄関の戸を開けると、廊下の奥から光行の声がした。

「居間に来られよ」

「来る姿を見ておったようじゃの」

道謙が笑って言い、居間に続く廊下へ足を向ける。

信平が後から行くと、居間にいた光行が手招きした。

「そろそろじゃと思うて待っておった。さ、座ってくれ」

示す正面に道謙があぐらをかき、信平は二人の横顔を見る場所に座した。

すぐに来た光音は、膳《ぜん》を持っていた。

道謙の前に置く光音の姿はすっかり大人びている。

信平は時の流れを感じ、改めて信政の成長を思う。

光音は信平に顔を向け、紅を差した唇に笑みを浮かべた。

一旦下がり、持ってきた膳を信平の前に置いた光音は、ふたたび微笑む。

信平は恐縮した。

「昼時に、突然すまぬ」

「いえ。調《ととの》えてお待ちしておりました」

信平は微笑んだ。

「やはり、見えていたか」

「昨日から」

当然のように言う光音の力に、信平は感服した。

光行が言う。

「いただき物だが、上等な鱧《はも》だ。清水で冷やしておるから、温まらぬうちに食べてくれ」

道謙は皿に盛り付けされた料理に目を細める。

「ほう、旨《うま》そうじゃ。信平、遠慮なくいただこう」

「はい」

箸《はし》を取った信平は、梅肉が載せられた純白の身を口に運んだ。

骨切りもよくされており、江戸ではなかなか口にできぬ味を堪能《たんのう》した信平は、光音の料理の腕前に感心した。

光行が言う。

「近頃光音は暇ゆえ、料理に凝っておるのじゃ。さ、遠慮なく食べてくれ。話はその後じゃ」

道謙と信平は、言われるまま料理を堪能した。

食事が終わったところで、信平が改めて言う。

「光音殿、今日はお願いしたいことがありまいった」

「片付けはわしにまかせて、話を聞いてやりなさい」

そう言って立ち上がる光行に応じた光音は、真剣な面持ちで信平と向き合った。

信平が問う。

「言わずとも、麿の思いは見えているか」

「いえ、見ておりませぬ」

そこまではしないと言う光音に、信平は言う。

「下御門実光には、先帝の血を引く孫娘がいる。名は薫子、この者が下御門の手に落ちれば、この世が二つに割れて大乱になる恐れがある。そうさせぬためにも、一刻も早《はよ》う見つけねばならぬのだが、お願いできるか」

光音は真剣な面持ちでうなずいた。

「やってみます」

立ち上がる光音に、信平は続いた。

陰陽道《おんみようどう》の祭壇がある部屋に入った光音は、祭壇の蠟燭に火を灯し、敷かれている紫紺の毛氈《もうせん》の中央に正座した。

三方が白壁の部屋に入るのを禁じられた信平は、広縁に座した。

光音は祭壇に向かって居住まいを正し、両手を合わせる。目を閉じて呪《じゆ》を唱え、合わせた両手の指先を左右に動かし、あるいは円を描くように回し、術をもって居場所を捜している。

だが思うようにいかないのか、光音は艶《つや》やかな眉間に皺《しわ》を寄せ、背中を丸めた。それでも必死の面持ちで呪を唱え続け、四半刻、半刻と時が過ぎ去る。

様子を見に来た道謙と光行が信平のそばに座し、黙って見守っている。

はじめて一刻が過ぎようとした時、光音は上半身をゆらゆらと揺らしたかと思うと、身体から力が抜けた。

仰向けに倒れようとする光音の身体を支えた信平は、ゆっくり寝かせ、足を伸ばしてやった。

光行がそばに来て、光音の脈を取る。

「気を失ったか」

残念そうに言う光行に、道謙が問う。

「どうなっておる」

「力を使い果たしたのじゃ。案ずるな、すぐに目をさます」

そう教える光行を、道謙がいぶかしむ。

「かく言うおぬしのほうが心配そうではないか」

すると光行は、ため息をついた。

「探っておるうちに気を失うのは、捜し人が見えぬからじゃ。近頃は特に調子が悪い」

「先ほど暇にしておると申したのは、そういうことだったのか」

問う道謙に、光行はうなずいた。

「大人になって、力が衰えてきたのやもしれぬ」

「本気で言うておるのではあるまい。巻き込まれたくないのか」

光行は目を泳がせた。

見逃さぬ道謙が言う。

「何が見えておる」

光行が答えようとした時、光音が苦しそうな声を発して、目を開けた。

「おお、気がついたか」

心配する光行を見た光音は、起き上がろうとした。

光行が肩を抱えて座らせてやると、光音は信平に言う。

「信平様の胸のうちにあった銭才の居場所も探ろうとしましたが、見えませせぬ」

信平は驚いた。

「やはり、麿の心底を見ていたのだな」

光音はうなずき、両のこめかみを指で押さえた。

「頭が痛むのか」

気遣う信平に光音は首を横に振って見せ、真顔で言う。

「薫子殿は、わたしのような力を持つ者に覗《のぞ》かれぬよう、結界の中にいるのかもしれませぬ」

「結界……」

そう言った光行が、険しい顔をした。

信平が光行に問う。

「その場所に、心当たりがおありのようですね」

「いや、ない」

光行は分かりやすい。誤魔化そうとしているのが見え見えだ。

道謙がそんな光行をじろりと見て言う。

「宮中の奥深い場所であろう。違うか」

光行は、渋い顔で言う。

「これはわしの想像に過ぎぬが、光音の力をもってしても及ばぬ場所は、禁裏御所しかない」

道謙は驚いた。すぐに信平を見て言う。

「信政を連れ戻すか」

信平は首を横に振る。

「信政は男だと申しておりますから、信じましょう」

「信政は、薫子の存在に気付いておらぬだけかもしれぬ」

「今は信政のことよりも、銭才の手の者が光行殿と同じ考えにいたらぬか、そちらが心配です」

道謙が渋い顔をした。

「禁裏御所を襲うと申すか」

信平は神妙な面持ちでうなずく。

「光音殿のように見えなければ、押し入って捜すかもしれませぬ」

「案ずるな。御所は禁裏付とわしが守る。お前は、銭才の目を潰せ。かの者が禁裏御所に疑いを向ける前に、光音と同等の力を持つ者を廃すのじゃ」

「承知しました」信平は光音に顔を向けた。「これから、麿の言うとおりにしてくれぬか」

「何をすればよいですか」

問う光音に、信平は策を明かした。

光音が返事をする前に、光行が口を挟む。

「わしは賛同できぬ」

「やりましょう」

承諾する光音に、光行が目を見張る。

「おい……」

「大丈夫。わたしならできます」

光行は心配だとこぼしたものの、自信に満ちている孫娘に力を貸すという。

満足そうな顔をした光音は、一刻ほど身体を休めた後に、光行と二人で部屋に籠もった。

道謙が信平に言う。

「相手にここを突き止められる恐れがあるゆえ、そなたは残れ。わしは禁裏を守るために仙洞御所に戻る」

「承知しました。鈴蔵、お送りするついでに、皆を連れてきてくれ」

「はは」

鈴蔵は道謙に付いて出ていった。

信平は二人の邪魔にならぬよう、唯一の出入り口から少し離れた広縁に座した。目をつむっていると、光行と光音の声が微《かす》かに聞こえてきた。呪を唱える声は続き、座している信平の腕に鳥肌が立つ。目に見えぬ力を感じるが、うまくいくかどうかは、二人の力にかかっている。

程なく障子が開けられ、光行が出てきて言う。

「信平殿、そなたの髪の毛を一本もらうぞ」

策のためと思う信平は応じて、自ら髪の毛を抜いて渡した。

微笑んだ光行は、部屋に戻って障子を閉めた。そして程なく、呪を唱える二人の声がしはじめる。

時が過ぎ、外の暑さがゆるみはじめた頃、鈴蔵が戻ってきた。

目を開けた信平は、皆を近づけぬために立ち上がって歩みを進める。

大きな身体の佐吉の背後から、懐かしい顔が現れた。千下《せんげ》頼母《たのも》が、宇治の領地から駆け付けていたのだ。

「殿、お久しゅうございます」

広縁に片膝をつく頼母を黙らせた信平は、家来たちを離れた部屋に促し、これよりすべきことを伝えた。

応じた家来たちは、声を出さず立ち上がり、加茂家の警固をはじめた。

五

とある隠れ家の縁側にあぐらをかいている甲斐《かい》は、鐺《こじり》を床に付け、柄を右肩に当てた太刀を右腕で抱えて身体を預けていた。ぼうっとしていたうち、涼やかな夜風の心地よさにあくびをした。

「まだ見つからぬのか」

背後の部屋を見もせずけだるそうに言った甲斐は、ふたたびあくびをした。

銭才に命じられ、持てる秘術で薫子の居場所を捜し続けているのは、帳成雄《ちょうせいゆう》だ。責付《せつ》く甲斐が眠ることを許さぬため、帳成雄は夕餉をすませた後は部屋に籠もり、秘術を使い続けていたのだ。

顔に疲れを浮かべていた帳成雄だったが、突如目を開き、蠟燭の火を見つめて片笑む。

衣擦《きぬず》れに気付いて振り向いた甲斐が、帳成雄の様子を見て中に入った。そして、期待を込めて問う。

「皇女の居場所が見えたのか」

すると帳成雄は、悪だくみを含んだ顔を向けて言う。

「これまで霧に包んで邪魔をしていた陰陽師の小娘が、こちらを探ってきました」

甲斐は厳しい顔をした。

「ここを知られたのか」

「はい。ですが、向こうの居場所も分かりましたぞ」

「どこにいるか教えろ。邪魔者は始末する」

帳成雄は目を細めた。

「焦りなさるな。信平の影もありますから、これは罠《わな》かもしれませぬ」

「信平か……」甲斐はほくそ笑む。「それはそれで丁度よい。銭才様から言われていることがあるゆえ、場所を教えろ」

「承知しました」

帳成雄は二枚の短冊《たんざく》を手にし、筆を走らせた。そして筆を置き、甲斐に向いて言う。

「この一枚は、銭才様にお渡しください」

差し出された短冊に目を通した甲斐は、懐に入れて命じる。

「そちは、小娘から目を離すな」

帳成雄は余裕の面持ちで応じ、甲斐を見送った。

「さて、こちらもはじめるとしよう」

そうこぼした帳成雄は、祭壇に向かって座し、ひとつ咳《せき》をして目を閉じ、声に出さず呪を唱えはじめた。

京の隠れ家にいた肥前は、眠ることができず、月明かりに誘われて裏庭に出た。西側に建っている寺の大屋根の向こうに、大きな満月が沈もうとしている。

美しい月が好きだった妹の姿を目に浮かべながら、もうすぐ夜が明けると思う肥前は、土塀の外に気配を察して縁側に駆け上がり、寝床の枕元に置いていた太刀をつかんだ。

徳川の刺客（赤蝮）を警戒していると、裏庭に現れた人影がこちらを向いて立ち止まり、頭を下げた。

「驚かせてすみません。小四郎《こしろう》です」

甲斐の配下と知った肥前は、太刀の柄頭《つかがしら》を押し、切っていた鯉口を元に戻した。縁側に出て問う。

「何か動きがあったのか」

「はい。帳成雄の邪魔をしていた陰陽師の小娘が、信平と共に紀州《きしゆう》徳川家京屋敷の近くにある神明社《しんめいしや》におります。これを討てとの命にございます」

顔を見てきた小四郎に、肥前は無表情で言う。

「信平もおるか。よし、次こそ決着をつける」

「それがしと配下が加勢をいたします」

そう告げた小四郎の背後に、十《とお》の人影が浮き出てきた。甲斐の配下だ。いずれも遣い手と知る肥前は、小四郎にうなずく。

「おれは神明社を知らぬ。案内いたせ」

「はは」

草鞋《わらじ》を着けた肥前が裏庭に出ると、小四郎が先に立って裏木戸から出ていく。

肥前に十人の配下が続いて、裏木戸から外に出る。

この者たちは見張り役だ。信平を相手に妙な動きをすれば、妹の命はない。そう思う肥前は、迂闊な信平に対し、胸のうちで舌打ちをした。

猫のように足音もなく走る小四郎に、肥前が問う。

「甲斐はどうした」

「銭才様の命で、別のことをされています」

「何をしているのだ」

「さあ、それがしは聞いておりませぬ」

そんなはずはないと思う肥前であるが、しつこくすれば疑われる。慎重になり、黙って後に続いて町中を駆け抜けた。

程なく到着した神明社の門前に立つと、境内はひっそりと静まり返っていた。東の空が明るくなりはじめ、本殿の屋根に止まっていた二羽《わ》の烏《からす》が、ひと鳴きして飛び去った。

鳥居を潜《くぐ》った小四郎は、まだ暗い境内を走って本殿にゆく。

阿吽《あうん》の呼吸で配下たちは二手に分かれて走り、本殿を囲んだ。

他にも建物はあるが、小四郎は本殿の正面に立ち、肥前に言う。

「この中にいるそうです」

肥前は、閉じられている板戸に厳しい目を向け、小四郎に言う。

「相手は信平だ。油断するな」

応じた小四郎は、刀を抜いて右手に下げた。それに倣《なら》った配下たちが一斉に抜刀し、身の丈より上にある本殿の縁側に飛び上がる。

「やれ」

小四郎の一言で、配下たちは側面の板戸を蹴破った。

信平は小娘を連れて正面から出てくるはず。

肥前は板戸を睨んでいたが、開けて出てきたのは小四郎の配下だった。

「もぬけの殻です」

「よう捜せ！」

配下に苛立《いらだ》ちの声をあげる小四郎を一瞥《いちべつ》した肥前は、木段を駆け上がって本堂に入り、薄暗い中を見回す。そして、神前に置かれている供物のあいだに目を止め、歩み寄った。

三宝《さんぼう》に並べられているのは、人型の紙が二つ。いずれも、人の物と思しき髪の毛が巻かれていた。背後に近づく気配を見もせず言う。

「小四郎、見ろ、帳成雄は騙《だま》されたぞ」

横に来た小四郎が、人型の紙を手に取った。

「どういうことですか」

「式神だ」

肥前が言うと、小四郎は苛立ちを隠さず式神を丸め、床に投げ捨てた。

床を転がる式神を見つめた肥前は、信平の意図を悟り、銭才の信頼を取り戻すよい折ととらえ、小四郎に顔を向けて言う。

「これは罠だ。式神に食いついた帳成雄こそ、居場所を知られている」

小四郎は、はっと目を見開く。

「今帳成雄のところに、甲斐様はおられませぬ」

「帳成雄が危ない」

小四郎は焦った。

「すぐ助けに行かなければ……」

「おれも行く。案内しろ」

「はは」

小四郎は口笛を鳴らして配下の者たちを集め、境内から走り出た。

最後尾に付いた肥前は、信平もやるものだと思い、唇に笑みを浮かべた。

六

肥前が神明社を出た頃、帳成雄が隠れている東福寺《とうふくじ》近くの家に、信平が家来たちを連れて現れた。

身の丈の倍はある高さの漆喰《しっくい》壁の内側には、庭竹が見える。

光音が教えてくれた景色は、この屋敷のみ。

帳成雄がいると確信した信平は、指示を待っている家来たちに無言で顎を引く。

応じた佐吉が表の木戸を蹴破り、千下頼母、鈴蔵、小暮一京、山波新十郎が一気に駆け込む。そして、庭竹の奥にある母屋の表と裏を見張る中、信平は佐吉と共に表の庭に向かった。

立派な母屋は雨戸が閉められ、静まり返っている。

佐吉が雨戸に向かい、

「銭才の一味ども、出てこい！」

仁王立ちで大声を発して大太刀を抜いた。

だが、物音ひとつしない。

振り向く佐吉に、信平はうなずく。

勇ましい顔で応じた佐吉が大太刀を振り上げ、

「おう！」

気合をかけて打ち下ろす。

両断された雨戸が地面に落ち、佐吉は大太刀を構えて障子《しょうじ》を睨む。

「出てこい！」

だが沈黙している。

確かな人の気配を感じている信平は、閉められている障子を指差した。

「佐吉、そこにおる。油断するな」

「承知」

佐吉は大太刀の切っ先を障子に向けたまま縁側に上がり、ゆっくりと左手を伸ばす。一気に開けて大太刀を構えた刹那、目を見張った。八畳間の真ん中で、若いおなごが外を向いて正座していたからだ。

庭に立つ信平を見つめているおなごは、黒髪をひとつに束ねて下げ、白い着物と深紅の袴姿。巫女《みこ》と思しきそのおなごは、佐吉を一瞥もすることなく、信平から目を離さない。

油断しない佐吉が、切っ先を向ける。

「おい、おぬしが怪しい術を使《つこ》うておるのか」

信平を見つめたままの巫女は、佐吉に答えることなく言葉を発した。

「小娘は我らがいただいた。これよりは、銭才様のために生きることとなろう」

男の口調でそう言った後、巫女は気を失って横に倒れた。

絶句する佐吉は、信平に顔を向けた。

信平は鈴蔵を呼び、巫女の目をさますよう命じる。

応じた鈴蔵が駆け上がり、佐吉に身体を起こされた巫女の正面に座り、懐から出した竹筒の詮を抜いて鼻に近づけた。だが、巫女は目をさまさない。

「何か術をかけられているのかもしれませぬ」

佐吉に言われた信平は、頼母に言う。

「馬を引け」

頼母は外へ走り出た。

そのあいだに鈴蔵が手を尽くしたおかげで、巫女が目をさました。肩を支えている佐吉に驚き、悲鳴をあげた。

声は先ほどとはまったく違う女のもの。

操られていたのだと悟った信平は、佐吉に巫女をまかせて外へ駆け出た。

頼母が引いてきた馬に飛び乗った信平は、巫女を尋問し、操られていただけなら解き放てと命じて、嵐山《あらしやま》に急いだ。

町中を駆け抜け、渡月橋《とげつきよう》を渡って、加茂光行と光音が隠れている寮へ到着した。馬から降りて寮へ入ると、戸口が開けられたままになっている。

油断しない信平は裏に向かった。すると、破られた雨戸が斜めに落ち、その奥の座敷に横たわる人影がある。光行が、手足を縛られて倒れているのだ。

光行は、縄を解こうともがいていたが、信平に気付いて呻いた。

駆け付けた信平が起こし、縄を解いて猿ぐつわを外すと、光行は振り向いて腕をつかんできた。

「甲斐と名乗った男に光音が奪われた。孫を助けてくれ」

必死の形相で願う光行は、目に涙をためている。

肥前から妹のことを聞かされていた信平は、光音を案じずにはいられない。それと同時に不安が込み上げ、光行に言う。

「相手に、光音殿と同じ手を使われました」

「どういうことだ」

「光音殿が教えてくれた隠れ家には、銭才に操られた巫女がいたのです」

光行は悔しそうな顔で唸《うな》った。

「裏をかかれたというわけか」

「残念ながら、相手が一枚上手のようです。巫女と同じく、光音殿が操られてしまえば、薫子の居場所を知られる恐れがあります」

光行は信平を見てきた。真剣な眼差しからは、十分あり得るという思いが伝わってくる。

信平は言う。

「光音殿の居場所は分かりませぬか」

すると光行は、目を泳がせた。

「考えている間はないな。よし、やってみよう」

光音が作り、押し入った甲斐に倒された祭壇を起こす光行を助けた信平は、供物を拾い集めた。

蠟燭を灯した光行が正面に座し、大きく両手を広げて頭上で合わせ、ゆっくりと顔の前に下ろすと、呪を唱えて光音を捜しはじめた。

四半刻しても見つからぬが、光行はあきらめず呪を唱え続ける。半刻が過ぎた頃には顔に苦悶《くもん》が浮かび、程なく、何かに弾《はじ》かれたように仰向けに倒れた。

廊下に控えていた信平が駆け寄って起こすと、光行は額から汗を垂らし、辛そうに首を横に振る。

「京の町中を抜ける影は見えた。あと少しだったはずじゃが、見てのとおりじゃ。わしは、歳《とし》を取りすぎておる」

大きな息をする光行に無理はさせられぬ。

「休んでください」

信平はそう言って、横にさせた。

庭に人の気配が差し、鈴蔵が現れた。

横になる光行を見て驚く鈴蔵に、信平は光音が攫《さら》われたことを教えた。そして問う。

「巫女は、何か申したか」

「近くにある稲荷《いなり》社の娘でした。突然現れた曲者にいきなり気絶させられたらしく、それがしに目をさまされるまでのことは、何も覚えていないようです」

信平は、女にこころを支配された記憶が蘇《よみがえ》った。

あのおなご（『公家武者信平ことはじめ㈤　第三話「妖しき女」』参照）の顔が頭に浮かび、光行に問う。

「佐間《さま》一族《いちぞく》のおなごが麿に呪詛《じゆそ》をかけたのを覚えていますか」

光行は渋い顔でうなずく。

「忘れるものか。じゃが、同じ呪詛ではない」

「こころ当たりが、おありのご様子」

問う信平に、光行は顔をしかめて首を横に振る。

「今は、わしが知っている佐間一族の術ではないとしか言えぬ」

「そうですか」

信平は、心配そうに考え込む光行の顔を見つめた。

七

意識を取り戻した光音が最初に見たのは、縄で縛られた自分の両足だった。目まいがする頭に、攫われた時の記憶がよみがえり、恐怖のあまり逃れようとしたが、天井から吊るされた一本の棒に両腕を縛られ、身動きができない。

石畳の部屋は明かり取りの小さな格子窓があるのみで、まだ新しい木の匂いがする。

人の姿はなく、気配もない。

光音は逃げるために、腕を縄からはずそうとしてもがいた。だが、きつく縛られている縄は解けそうにない。

顔を歪《ゆが》め、手首の痛みに耐えて力を込めていると、板戸が開けられた。年配の男と若い男が入り、光音が目をさましているのを見て歩み寄る。

若いほうは、寮を襲った者。年配の男はその男を甲斐と呼び、甲斐と呼ばれた男は光音の前に立ち、目を細めて言う。

「大人しくしていれば、痛い目に遭わずにすむ」

猿ぐつわを噛《か》まされている光音は、声を発することなく横を向いた。すると甲斐は、光音の背後に回り、後ろから頭をつかんで無理やり正面を向かせた。

光音の目の前に立った年配の男は、愉快そうに笑った。

「わたしの邪魔をしておったのが、このように若いおなごだったとはな」

光音は顔を背けようとしたが、甲斐が手に力を込めたせいで頭が割れるように痛くなり、耐えられずに呻いた。

帳成雄が言う。

「そなたの姿が二つ見えた時、どちらが本物か迷うた。はっきり見えたほうへ人をやったが、まさか、そうでないほうが本物だったとはな。たいしたものじゃ。おかげで、肥前は信平を殺しそこね、銭才様の信頼を得られず嘆いておる。まあ、わしにはどうでもよいことじゃが」

甲斐が苛立って口を挟んだ。

「帳成雄、そんなことは言わなくてもいい。早くしろ」

　すると帳成雄は真顔になり、光音の目を見て言う。

「そなたの術は、元々明《みん》の国で使われていた秘術。そなたが信平に教えた場所に、我らはいなかった。これよりは、同じ術を使うわたしと、力を合わせてもらう」

　帳成雄は、木箱から出した香炉を光音の顔に近づけ、微笑む。

「これは、帳家に伝わる秘薬。煙が絶える頃には、恐怖も消え、気持ちが楽になる」

　赤みがかった煙が、まるで生き物のように光音の眼前に流れてきた。息を止めて拒んだが続かず、否応《いやおう》なしに鼻に吸い込まれてゆく。三度煙を吸い込んだあたりから、光音の目が虚《うつ》ろになり、抵抗をやめた。

　両手を離した甲斐が、煙を嫌って後ずさる。

　帳成雄は、もはや抗《あらが》わぬ光音の顎をつかんで顔を上げさせ、目と目を近づけて呪を唱えた。すると次第に、光音の黒目から無垢《むく》な光が失せ、青みがかっていた白目が充血してゆく。

　帳成雄が呪を唱え終えると、光音の目は元に戻った。だが表情には、凛《りん》とした光音らしさがない。

　帳成雄は、目を背けようとしない光音の態度にほくそ笑み、甲斐に言う。

「もうよろしい。縄を解いてやりなさい」

帳成雄の秘術を初めて見る甲斐は、いぶかしそうな顔で問う。

「まことによいのか」

「案ずるな。この娘は、わたしの物となっている」

半信半疑の甲斐は、油断せず光音の両手両足の縄を切り解いた。

自由になった光音であるが、その場に立ったまま、帳成雄を見続けている。

帳成雄は目を見つめて言う。

「光音よ。わたしと共に、皇女を捜すか」

「はい」

素直に返事をする光音に、甲斐は驚いた顔を向けた。

「肥前の妹も、こうやって思うままに操っているのか」

帳成雄は急に真顔になり、それについては答えなかった。

銭才に関わる話ゆえ、堅く口を閉ざすのだと察した甲斐は、

「いらぬことを訊いた」

そう言い、光音を見て問う。

「明国の秘術だと言ったが、どうして加茂家の者が使える」

「明国が栄えていた古《いにしえ》の時代に日《ひ》ノ本《もと》から渡った者が身に着け、京に伝わっている

のだろう。さりながら、この娘が使うのはほんの一部。すべての術を使うわたしに敵《かな》うはずもない」

余裕で言う帳成雄に、甲斐は疑念をぶつけた。

「ならばどうして、帝や徳川の者を操らぬ」

「この場に連れてくれば操ってやろう。江戸は、我らの秘術を恐れた徳川家康《いえやす》が社寺仏閣を建立して結界を張りめぐらせ、力が及ばぬ。また京も、かの安倍晴明《あべのせいめい》やこの娘のように、力を持った者が守っている。中でも、わたしに匹敵する力を持つこの娘が、我らの手に落ちた。合力《ごうりき》すれば、必ずや皇女を見つけられよう」

甲斐は大きくうなずいた。

「では、これより銭才様にお伝えしにまいる。おぬしは、すぐにでもはじめよ」

「承知」

知らせに走る甲斐を見送った帳成雄は、光音の手を取り、目を見て言う。

「我らが合力すれば、皇女などすぐに見つけられる。よいな」

光音は無言でうなずき、帳成雄に手を引かれて廊下を歩み、部屋の中に消えた。

何ごともなかったように静まり返る廊下に二羽の雀《すずめ》が舞い降り、またすぐに飛んでいった。

第二話　雲雀《ひばり》の太刀

一

油蟬《あぶらぜみ》の鳴き声が、暑さを増すような気がする。

朝から照り付ける陽光が庭の敷石《しきいし》を焦がし、枯山水《かれさんすい》が白々しく眩《まばゆ》い。

小者が打ち水をしながら、生け垣を挟んだ隣の敷地《しきち》にあるお堂に顔を向けた。

広い境内に建立された瓦葺《かわらぶ》きの六角堂はまだ新しく、隣への立ち入りを禁じられている小者は中を見たことがない。樫《かし》の大木のせいでまったく日が当たらぬ六角堂はどこか陰気で、小者だけではなく、他の奉公人も気味悪がっていた。その六角堂から、お経か、それとも祝詞《のりと》か、判別できぬ微かな声が聞こえてくるようになったのは、昨日の夕方からだった。

今は止《や》んでいる。ふと、六角堂の屋根に目を向けると、黒い身なりをした人が座っていた。まだ新しいのに屋根の修理をする者かと思ったが、どうやらそうではなく、じっと小者を見ている。

得体の知れぬ者にぞっとした小者は、急いで打ち水をすませ、別の場所の掃除をするため足早に去った。

人気がなくなったところで、ふたたび六角堂から声がしてきた。小者が何か分からぬそれは、呪を唱える加茂光音と、帳成雄の声だ。

新しいが古びて見える六角堂の屋根で見張る黒装束の者は、甲斐の配下。その下では、祭壇に向かって座る光音と帳成雄が、持てる能力を使い不眠不休で、薫子の居場所を探っている。

か細い光音は衰弱していた。それでも音《ね》を上げぬのは己の意志ではなく、帳成雄に操られているからだ。

正座して呪を唱え続ける光音の身体が前後に揺れはじめた。

それに気付いた帳成雄は、

「もう少しじゃ」

そう声をかけ、念力を送るかのごとく、呪を唱える声音に力を込める。

光音も同じく力を増した。だが、何かに弾かれたように、二人同時に仰向けに倒れた。

出入り口を守っていた甲斐が気付いて駆け寄り、起きる帳成雄を助けて問う。

「見えたか。どうなのだ」

辛そうな息をしている帳成雄は、額に汗をかいた顔を横に振った。

「皇女の姿がぼんやり浮かぶだけで、霧に包まれてしまいます」

甲斐は苛立ち、倒れたまま動かぬ光音を起こして肩を揺する。

「おい、しっかりしろ」

声に呼び戻されるように瞼を開けたが、虚ろな目を一点に向けたままの光音は、口からよだれを垂らした。

涼しげな空色の着物によだれの染みができても拭こうとしない光音の様子に、甲斐は不快そうに顔を歪めて帳成雄に言う。

「この者は、もはや使えぬのではないか」

帳成雄は光音に顔を向け、探るように目を細める。

「まだ死にはしませぬ」

香炉を取り、光音の顎下に近づけた。蛇がうねるように上がる一筋の赤い煙が、形の整った鼻腔《びこう》に吸い込まれてゆく。光音は途端に瞬きをしなくなり、さらに虚ろな表情になった。

帳成雄はほくそ笑み、汗ばんでいる光音の額に手を当てて呪を唱える。

程なく、何かに取り憑《つ》かれたように力なく正座した光音は、両手を合わせ、ふたたび薫子の居場所を探りはじめる。

帳成雄は光音の背後に座し、小さな背中に左手を当てた。力を合わせて薫子を捜しはじめたが、すぐに目を開け、目の前の光音を見据えた。

「なるほど、どうりで……」

納得の声を出す帳成雄に、甲斐が問う。

「なんだ」

帳成雄はふたたび左手を光音の背中に当て、目を閉じて探りながら甲斐に言う。

「娘の気と、この娘の居場所を捜す者の気がぶつかり、曇らせているようです」

甲斐はすぐに気付いたらしく、見開いた目を帳成雄に向ける。

「じじいか」

「さよう」

「だが奴《やつ》は、術を使えぬはず」

「使えぬのではなく、高齢ゆえ使わなかっただけかと。力はむしろ、この娘よりも上と言えましょう」

甲斐は帳成雄の横顔を見据えて問う。

「では、そのじじいを連れてくれば、皇女の居場所が分かるのか」

帳成雄が無言でうなずくと、甲斐は立ち上がった。

「じじいの居場所を教えろ」

応じた帳成雄は長い息を吐き、見通すかのような眼差しを光音の背中に向けた。


いっぽう、加茂光行は嵐山の寮にとどまり、光音の気を頼りに居場所を突き止めようとしていた。

付き添っている鷹司松平信平は、祭壇に向かって呪を唱え続ける光行の気迫に満ちた姿に、ただならぬ力を感じていた。

江島《えじま》佐吉をはじめとする信平の家来たちは、光行が光音の居場所を告げればすぐさま向かうつもりで、緊張した面持ちで控えている。

鈴蔵が戸口を守り、山波新十郎が庭を歩いて、曲者を警戒している。

信平の前で祭壇に向かって手を合わせていた加茂光行が、見えた物を睨むように瞼を開いた。

「気付かれた。奴らが来るぞ」

振り向かずに告げる光行に、信平が真顔で問う。

「光音殿の場所は分かりませぬか」

「清らかな水が見えるのみ」

「清らかな水……」

復唱した信平は、京に詳しい鈴蔵に声をかける。

「鈴蔵、思い当たる場所はどこじゃ」

応じて中に入った鈴蔵は、片膝をついて言う。

「湧き水、泉水、川など、たくさんありすぎます。せめて、周りの景色や建物が分かればよいのですが」

これには光行が答えた。

「あと少しで見えるところじゃったが、気付かれて霧に包まれた」

鈴蔵は肩を落とし、信平に首を横に振って見せた。

控えていた千下頼母が、信平に言う。

「殿、光音殿が敵の手中にある今、ここを攻められては厄介《やっかい》です。一刻も早く立ち去るべきと存じます」

頼母の言うとおりだ。光音を盾に脅されれば不利になる。

「光行殿、一旦引きましょう」

信平は促したが、光行は動こうとしない。

「もう少しで分かるところだったのだ。今一度探ってみる」

あきらめず祭壇に向かって術を使いはじめた光行だったが、程なく止め、思い付いた顔を信平に向ける。

「おそらく相手は、光音に勝るわしの力を見抜きおった。孫娘の命と引き換えに、わしに働かせるつもりでここへ来る。そこで信平殿、このままわしを、光音のそばに行かせてくれぬか。攫われるわしの後を追ってくれ。そのほうが確実じゃ」

孫娘を案じる光行の気持ちが分かる信平は、返答に困った。

頼母が言う。

「万が一見失った時はいかがされます。光行様まで銭才の手に落ちれば、薫子の居場所を知られてしまいます」

光行は不服そうな顔を頼母に向けた。

「案ずるな。万が一そうなったとしても、わしは奴らの言いなりにはならぬ」

孫娘可愛《かわい》さに、光行は冷静を欠いている。

そう思う信平は、光行を諫《いさ》めた。

「光行殿を囮《おとり》に使うことはできませぬ。一旦引き、改めて探ってください」

「時間がないのじゃ」

光行は辛そうに下を向いた。

信平は悪い予感がして、問わずにはいられない。

「どういうことですか」

すると光行は、信平に膝を転じて、焦りに満ちた顔で言う。

「光音の、わしの大切な孫娘の命が尽きかけておるのじゃ。信平殿頼む、わしの言うとおりにしてくれ」

平身低頭して懇願された信平は、膝行《しっこう》して両手を取り、頭を上げさせた。

「承知しました。策があればおっしゃってください」

「うまくいく自信がある」

そう言った光行は、考えを信平に伝えて支度にかかった。

信平がまず渡されたのは、光音と、光音を操る帳成雄から姿を見られないための護符だった。光音にもらった物をまだ持っていたが、敵の手に落ちた今、光音が作った物は役に立たないという。

呪文字を記された護符を狩衣の胸に潜《ひそ》ませた信平は、佐吉たち家来にも持たせた。

光行は祭壇に向かって座し、光音を捜しはじめた。一刻が過ぎ、二刻が経った。光行は食事も摂《と》らず続け、夕方になっても敵は現れず、また、光音を見つけることもできない。

夜になり、何も起こらず外が白みはじめた。

一睡もしない光行の顔には、明らかに疲労が浮いている。

案じた信平が休むよう声をかけようとした時、光行が声を発した。

「来たぞ」

気配を感じていなかった信平だったが、手筈《てはず》どおり身を隠した。

光行が呪を唱える中、蠟燭を灯した部屋の外障子が開いたのは程なくのことだ。現れたのは、甲斐の配下たち。

「信平を捜せ」

外から声がし、配下たちが散った。

程なく現れた甲斐の、狡猾《こうかつ》そうな顔を忘れもせぬ光行は、土足で踏み入る顔を見上げた。

「今すぐ孫を返してくれるなら、言うとおりにする」

甲斐は光行の前に立ち、たくらみを含んだ目つきで言う。

「つべこべ言わずに来てもらおう。我らの望みを叶えれば、二人は必ず解き放つ。それどころか、天下を導く陰陽師として崇《あが》め、将来を約束する。だが拒めば、おぬしの目の前で光音の目をえぐり出し、両手両足を切り落としてくれる」

異常な目つきの甲斐に、光行は冷静さを取り戻して応じる。

「どうあっても、孫娘を先に返さぬか」

「そういうことだ」

「こうなっては仕方ない。従おう」

甲斐は光行を睨み、油断なく部屋を見回す。そして馬の鞭《むち》を光行の鼻先に向けた。

「信平はどこに隠れておる」

「ここにはおらぬ。家来と共に、光音を捜しているはずじゃ」

光行の声を聞くあいだも油断せず目を走らせていた甲斐は、先を急ぎ配下に指図した。

応じた二人の配下が光行の腕をつかんで立たせ、外へ連れ出した。庭では黒塗りの武家駕籠が待っていた。

縄で身体の自由を奪われて押し込められた光行は、吊るされている香炉からゆるやかに立つ赤い煙に気付き、甲斐に問う。

「なんじゃ、この甘い匂いがする煙は」

「案ずるな。毒ではない」

甲斐が答えるうちから、光行は虚ろな目つきになりはじめた。

朦朧とした様子で、光行が言う。

「光音にも、これを嗅がせたのか」

「そのほうが、操りやすいそうだ」

甲斐がそう言って、にたりとした。

「このような物で、わしは操れぬぞ」

光行は抗おうとしたが、程なく頭を垂れた。

戸を閉めた甲斐が、配下に急ぐよう命じ、敷地から出ていく。

身を隠し、光行から目を離さなかった鈴蔵が跡をつけはじめた。

離れた場所に潜んでいた信平と佐吉たちは、敵に気付かれぬよう、鈴蔵と距離を空けて続く。

光行を乗せた駕籠は、渡月橋を渡りはじめた。朝が早いせいもあり、橋に人はいない。だが鈴蔵の身なりは武家の物ではないため、離れていれば怪しまれぬはず。駕籠が橋の半分を越えたのを見計らった鈴蔵は、旅籠《はたご》の軒先から出て、小走りで橋へ向かった。川の涼やかな音を聞く余裕もない鈴蔵は、渡月橋の袂《たもと》で止まった。土手の下から二人の男が飛び上がり、橋を渡らせまいと立ちはだかったからだ。総髪の二人は股《もも》引《ひき》に腹掛けの軽装ながら、鈴蔵に向ける鋭い眼差しと顔つきは、町人とは思えぬ。

殺気を感じ取った鈴蔵であるが、商人のふりをして言う。

「ああ、びっくりした。こんな朝早くに川から上がってきはるから、河童《かっぱ》かと思いましたよ」

二人は顔を見合わせ、ふたたび鈴蔵を見据えた。

鈴蔵は苦笑いをする。

「冗談冗談。急ぎますさかい、道を空けておくれやす。はい、ごめんなさい」

手刀を切って二人のあいだを行こうとしたが、襲いかかってきた。

咄嗟に飛びすさった鈴蔵だったが、二人は前後に重なって迫り、後ろの者が前の者の肩を踏み台に飛び、鈴蔵を足技で襲う。

鈴蔵は、胸を狙う足を身軽に横転してかわした。

刺客の足技は凄まじく、商家の土塀を蹴り抜く。すぐさま鈴蔵に向き、気合をかけて右足で蹴ってくる。

鈴蔵は、顔を狙う足を右腕で受けたものの、その威力に両足が浮いて飛ばされた。仰向けに倒れて後転したところへ、もう一人が飛んで両膝を曲げ、胸を狙って踏みつけてくる。

転がってかわした鈴蔵は、立ち上がって身構えた。

襲いかかろうとした二人は、駆け付ける信平たちに気付いて下がり、渡月橋を守った。

佐吉が大太刀を抜く。

「そこをどけ！」

大音声《だいおんじょう》に敵は怯むどころか、二人とも表情をより鋭くして下がり、橋の欄干に隠していた刀を抜いた。

両刃の直刀は見慣れぬ物。

唐の武器と見抜いた信平は、佐吉と鈴蔵を下がらせ、頼母たちに近づくなと命じた。

三倉内匠助を捜していた時、鞍馬の山中で戦った刺客たちの手強《てごわ》い武術を忘れぬ信平は、佐吉に言う。

「麿が相手をしている隙に橋を渡って追え」

佐吉の返答を聞くまでもなく、信平は刺客に迫る。

刺客たちは直刀の切っ先を信平に向け、気合をかけて走る。

二人同時に突き出す直刀を右にかわした信平は、そのまま身体を右に転じつつ狐丸を抜き払い、刺客の一人の背中を斬りつけた。だが、直刀を背中に当てて受け止めた刺客が振り向きざま、鉄の柄頭で信平の顔を狙ってきた。信平が手首を受け止め、その反動を利用して身軽に飛びすさる。すると相手は、柄をにぎる右手を激しく転じて刀身を回転させながら迫ってきた。

喉を狙って突き出された切っ先を見切った信平は、左にかわしてすれ違う。相手は振り向いて襲おうとしたが、右腕の痛みに呻いて下がった。信平がすれ違いざまに狐丸を振るい、傷を負わせていたのだ。

「あい！」

気合をかけたもう一人が、直刀を激しく左右に振るって迫る。下がる信平の足を狙って振るわれた直刀が指貫を切り裂く。右手のみで斬り上げられた直刀を信平が狐丸で受け止めると、鋭い眼差しを向けた刺客が手首を転じて直刀を狐丸から外しざまに、肘《ひじ》で顎を打った。

一瞬目まいがした信平であるが、相手の手首をつかんで次の攻撃を封じていた。それでも刺客は、左手の指で信平の喉を突こうとした。

飛びすさってかわす信平。

すると刺客は、直刀を右手ににぎって切っ先を向け、猛然と迫ってくる。

「あい！」

気合と共に突き出された渾身《こんしん》の一撃を見切った信平は、眼前に直刀をかわしつつ身体を右に転じ、狐丸を一閃《いっせん》した。切っ先が背中を裂き、痛みに顔を歪めた刺客が振り向いて下がり、信平を睨みながら離れていく。そして、もう一人の刺客と共に川下へ走り去った。

鈴蔵に跡をつけさせた信平は、今のあいだに渡月橋を渡っていた佐吉たちを追う。

戦いの中、橋を渡って真っ直ぐ行くのを見ていた信平は、迷わずそちらに走った。

町中を捜していると、先行していた佐吉が声をかけてきた。

「殿、どこにも見当たりませぬ」

信平は焦り、通りを見ながら問う。

「他の者たちは」

「分かれて捜させています」

皆を捜して通りを急いでいると、頼母を見つけ、続いて小暮一京と山波新十郎が駆け寄った。

皆浮かぬ顔で首を横に振る。

甲斐は巧みに、目を逃れていたのだ。

見つけることができなかった信平は、跡をつけさせた鈴蔵に期待し、一旦鷹司家に戻った。

二

妖しい煙で気絶させられていた加茂光行は、名も知らぬ鳥の鳴き声で目をさました。横向きのままぼんやりと見たのは、西日に輝く水面。その泉水に流れ落ちる水の音がする。

孫娘を捜す時に頭の中に見えた、清らかな水に違いない。

そう思う光行は、はっとして身を起こした。どこかも分からない薄暗い部屋の中に、こちらに背を向けて正座する女がいる。

「光音」

見紛うはずもない孫娘の姿に声をかけた。だが返事をせず、振り向きもしない。

「光音、わしじゃ」

座ったまま眠っているのかと思い、膝行して肩を揺すった。顔を見ると、光音は一点を見つめている。

光行は眉間に皺を寄せた。

「正気を失っておるのか。おい、光音、しっかりせい。わしじゃ、爺様《じい》じゃ」

「無駄だ」

声がした廊下へ顔を向けると、開けられたままの障子の角から甲斐が現れた。

光行が睨むと、甲斐は連れていた配下に顎で指図する。

応じた二人の配下は光行に歩み寄った。

「何をする。離せ」

抗う光行だったが、両腕をつかまれて光音から引き離され、無理やり座らされた。

甲斐が光音の背後に立ち、光行に言う。

「孫娘と生きてここから出たければ、力を合わせて薫子様の居場所を見つけ出せ」

光行は甲斐を睨んだ。

「従わねば、なんとする」

甲斐は鼻先で笑い、すぐに真顔となって言う。

「死ぬまでここにおることとなる」

「光音を正気に戻せ。話はそれからじゃ」

すると甲斐はふたたび鼻先で笑った。

「力がどれほどのものか見せてもらおう。おのれの手で孫娘を正気に戻してみるがよい」

光行は光音を見た。活気に満ちていた顔に生気はなく、輝いていた目は別人のように光を失っている。

このままでは、光音の命が尽きてしまう。

光行はそう案じ、甲斐に目を向けた。

「分かった。やってみよう」

甲斐は目を細め、配下にうなずく。

応じた配下が光行から離れて控えた。

その者たちに不機嫌な顔を向けて睨んだ光行は、光音の正面に座して目を見つめる。

光音も見てきたが、こころはなく、焦点も合っていない様子。光音の額に右手を伸ばし、人差し指と中指を当てて呪を唱えた。

光音の中にいる者の黒い影が目に浮かぶ。可愛い孫の体内に別人がいると見抜いた光行は、すぐ追い出すため指先に力を集中して呪を唱える。

光音が呻き、指をいやがって頭を振る。

「これ、動くでない」

光行は孫娘の身体を押し倒し、ふたたび額に指を当てる。

光音は苦しみの声をあげ、手足をばたつかせて身体を蛇のように左右にくねらせた。

このような孫娘を初めて見る光行は、目に涙が浮かぶのを堪《こら》え、気持ちを強くして術をかけ続けた。

中にいる影が苦しむ姿が目に浮かんできた。

「しめた。もう少しじゃ」

光行は持てる力をぶつけた。

だが影は手強く、光音の苦しみは増すばかりで取り除けぬ。それでも攻撃の手をゆるめずにいると、光音は目をかっと見開き、腰を浮かせて身体を海老《えび》反りにしたかと思うと、全身から力が抜けた。あと少しのところで気を失ったのだ。

続ければ命を奪いかねぬ。

光行は悔しみの声を吐き、術を使うのをやめた。それでもあきらめ切れず、光音の頰《ほお》に手を当てて軽くたたいてみる。

「光音、目をさませ」

「およしなさい」

そう言って現れたのは、黒い法衣《ほうえ》を纏《まと》った男。

唇を引き結んで見上げる光行に、僧侶は余裕の笑みを浮かべて頭を下げた。

「帳成雄と申します」

光行は顔をしかめた。

「おぬしか、孫に術をかけおったのは」

「いかにも。光音にも教えましたが、そなたたちが使う術は、我らが数千年にわたり受け継いできたもの。それを真似ただけの浅き術では、相手になりませぬぞ」

「何が言いたい」

問う光行に、帳成雄は厳しい顔をした。

「わたしの術に抗えば、大切な孫娘が死ぬということです」

光行は唇を噛んだ。悔しいが、分かるからだ。

帳成雄が見据えて問う。

「どうやらお分かりいただけたようですね」

光行は帳成雄を睨んだ。

「妖しい煙を吸わせて操るつもりならやめろ。身が保たぬ」

「いいでしょう。ですが急ぐことです。孫が死にますよ」

帳成雄に促された光行が光音を見ると、鼻と口を隠した配下の者が、赤い煙が出る香炉を光音に近づけようとした。

目を見張った光行は、帳成雄に言う。

「止めさせてくれ。言うとおりにする」

帳成雄は、配下に顎を引いて下がらせた。

光行は、安堵の息をついて言う。

「わしは歳ゆえ、何をするにしても、孫と力を合わさねばできぬ」

「元よりそのつもりで、お招きしたのです」

「何がお招きしただ。孫をこのような目に遭わせおって」

「早く終わらせることです」

真顔で、押さえつける物言いをする帳成雄に光行は腹が立ったが、今となってはどうにもできぬ。

「孫を起こしてくれ」

「承知しました」

帳成雄は光音のそばに座し、法衣の袖を振って右手を額に当てた。呪を唱え、指で呪文字を書き、その上に手の平を当てて気を込めた。すると光音は瞼を開き、ゆるりと起き上がった。

「光音！　わしじゃ」

光行が声をかけても、光音は見もしない。帳成雄が指で示す祭壇の前に歩んで正座し、居住まいを正して目を閉じた。

帳成雄が光行に言う。

「待っておりますぞ。はじめるとしましょう」

光行は帳成雄の目を見た。

「まことに、果たせば放してくれるのか」

「用はありませぬ」

穏やかさが胡散臭《うさんくさ》いが、光音のためを思い祭壇に向かって座した光行は、改めて問う。

「何をすればよい」

すると帳成雄は右側に座し、じろりと目を向ける。

「皇女薫子様を捜すのです。そなた様でも、名を聞いただけで姿が見えるはず」

「ぼんやりとした影しか見えぬ」

「それでよい。三人の力を合わせ、居場所を突き止めましょう」

帳成雄は祭壇に向き、術を使いはじめた。それに続く光音は、手を合わせて左右に動かし、薫子を捜しにかかる。

光音の師でもある光行は、同じように手を合わせて探る。

半刻が経ち、外がすっかり暗くなった。

三人は持てる力を注ぎ込んで捜したが、薫子の居場所を突き止めることができない。

光行は光音を案じた。すると光音は、額から汗を流しながら前後に揺れている。体力の限界を見た光行は、光音の肩を抱き寄せ、仰向けにさせようとした。しかし光音は腕を振り払い、一心不乱に続ける。

光行は大声をあげた。

「止めよ。無理じゃ」

光音は呪を唱えるのを止め、前を向いたまま正座している。

「ここからは、一人でやらせてくれ」

そう言う光行に、帳成雄は振り向いた。

「三人でも困難なことを、一人でできはすまい」

「気が散るのだ。頼むから一人にしてくれ」

じっと光行の目を見ていた帳成雄が、ふっと、薄い笑みを浮かべた。

「いいでしょう。ただし、猶予《ゆうよ》は朝までです」

「やってみる」

覚悟を決めた光行に、帳成雄はうなずいた。光音を仰向けに寝させ、皆を部屋から出し、自分も続いて障子を閉めた。

甲斐が外を見張る中、光行は光音の横に座した。可愛い孫の頰をなでて微笑み、居住まいを正す。ひとつ大きく息を吸って気を整えた光行は、両手を広げて頭上で手を合わせ、顔の前に下ろして目を閉じ、薫子の居場所を探りにかかる。

失敗は許されぬ中、光行は薫子がいるであろうと疑っている禁裏御所を探ろうとした。

だが、目の前に霧がかかり、術を阻まれてしまう。

もう一度試みようとした光行は、はっと気付く。

「さては、あの者の仕業か」

一人で意味ありげな笑みを浮かべた光行であるが、横に眠る孫を思い、すぐに笑みを消す。確かな証《あかし》を得るべく、己の力の限りを尽くして挑んだ刹那、強烈な術返しが来た。

全身が硬直した状態となった光行の脳裏に、あの者の声が響いてきた。脂汗を浮かばせて抗った光行だったが、声は続き、程なく金縛りが解けた。

前かがみになった光行は、完全にあの者が出ていくまでじっとし、重い身体を起こした。そして、光音の顔を見る。

「世のためじゃ、許せ」

ぼそりと言った光行は、悲しい気持ちを呑み込み、外障子に向いた。

「おい」

すぐに開けられ、甲斐が顔を見せて問う。

「分かったのか」

光行は顔を横に振る。

「わしら三人の力をもってしても見えぬとなれば、この世に魂がないのやもしれぬ」

甲斐は見る間に怒気を浮かべた。

「そのような嘘が通ると思うな。帳成雄は影を見ているのだ。それはこの世に生がある証とも申した」

「人の魂は、死した後もしばらくこの世にとどまると言うではないか。我らはその影を追おうとするから、霧に包まれるのかもしれぬ」

「おぬし、孫娘を助けとうないのか」

「助けたい。じゃが、この世におらぬ者は追えぬ」

光行がそう言った時、帳成雄が来た。

光音をかばう光行を見据えた帳成雄は、甲斐に顎を引く。

応じた甲斐は、光行の腕をつかんで光音から引き離した。

「あきらめよ。わしは間違《まちご》うておらぬ」

抗う光行を見た帳成雄は、ため息まじりに言う。

「薫子様を見つけられぬ時は、この娘は死ぬことになる。おのれの持てる力を使い尽くしてでも、皇女を見つけ出せ」

「……………」

光行は渋い顔をして返事をしない。

「やるのか、それともここで孫と死ぬるか」

追い込む帳成雄に怒りの顔を向けた光行だが、苦しそうな光音を心配し、袴をにぎり締めて堪えた。

「時をくれ」

「急ぐことだ。長引けば、甲斐殿が生かしてはおかぬ」

薄い笑みを浮かべて言う帳成雄を睨んだ光行は、憶測を言えば光音の命が危ういと思い、確信を得るにはあの者に挑むしかないと自分に言い聞かせ、祭壇に向かった。

三

その頃、信平は、戻った鈴蔵から聞いた町へ急いでいた。

逃げた刺客を追い、血を辿《たど》った鈴蔵が見失ったのは、西本願寺《にしほんがんじ》に近い六条《ろくじょう》通り。

信平はそこに手がかりを見つけようとして、町中をめぐった。鈴蔵が見失った場所は、浄土真宗の本山である西本願寺が近いだけに、旅籠や仏具屋が軒を連ね、人通りも多い場所だった。鈴蔵は方々を捜して回った果てに戻っていたため、刺客はもうこの町から遠ざかっているかもしれぬ。

だが信平は痕跡を見つけるべく、もう一度町を歩いた。それでも見つからぬため、辻《つじ》を西に向かい、真っ直ぐな通りを見て立ち止まった。

「鈴蔵、この先へ行ってみたか」

鈴蔵が横に並んできた。

「いえ、刺客は唐人《からびと》と思われますから、あの通りには踏み入らないかと」

信平はうなずく。

ここより西側には、京でもっとも栄える遊郭があるのだが、その手前の町には、日の下を堂々と歩けぬ者たちが潜み暮らし、地元の者たちが近づかぬ一角がある。島原《しまばら》一帯をよく知る鈴蔵はいないだろうと言うが、信平の嗅覚は何かを感じ取っていた。

「佐吉、頼母」

「はは」

「これから向かう場所は、世に背《そむ》く者が集まる場所だ。構えて油断するな。そなたたちもじゃ」

応じた頼母が佐吉と顔を見合わせ、小暮一京と山波新十郎は、緊張の色を浮かべて

を引く。

先に立った鈴蔵が、破れた葦簀《よしず》がいかにも場末な酒屋と、怪しげな薬草を干している薬屋のあいだで立ち止まり、奥に続く路地を見ながら信平に言う。

「右側の薬屋、以前はなかった店です。通りの様子も、それがしが知るものとは違う気がします」

「調べてみる価値はありそうじゃ」

信平はそう言うと、先に路地へ踏み入った。

すぐに佐吉が追い越し、信平を守って進む。するとさっそく、右側の家から人が出てきた。目つきの鋭い男はまるで、路地に入る者を監視しているようだ。茶筅《ちゃせん》に結んだ髪は埃っぽく、身なりも粗末なのだが、体軀《たいく》がよく、食うに困っているようには見えぬ。

何も言わぬ男に見られながらさらに進むと、一人、また一人と路地に出てくる。

いかにも無頼風の男たちは、空色の狩衣を着けている信平に白い目を向け、その中の一人が咥《くわ》えていた楊枝《ようじ》を吹き飛ばしてきた。

佐吉が大太刀の柄に手をかける。

すると男は、恐れるどころか睨みつけ、挑発してくる。

「佐吉」

信平が声をかけると、心得ている佐吉は柄から手を離し、男を睨みながら歩みを進める。

程なく井戸がある広場が見えてきた。どこにでもある裏店《うらだな》ならば、女房たちが話に花を咲かせながら家事に勤《いそ》しみ、子供たちが駆け回っているだろう。だがここは、にぎやかな女房や子供たちはいない。井戸端にいた若い男が盥《たらい》に汲《く》んだ水を使っていた。洗い物をしているのかと思いきや、匕首《あいくち》の刃を研いでいる。その手を止めて信平たちに向ける目は、敵意に満ち、今にも突きかかってきそうだ。

構わず奥へ向かっていると、筋骨たくましい髭面《ひげづら》の男が行く手を塞いだ。日に焼けたその男は眉間に皺を寄せて、いぶかしそうな顔で信平に言う。

「ここは公家が来る場所じゃない。今すぐ出ていけ」

佐吉が髭面の男と向き合った。背の高さが同じくらいの男は怯まず、鋭い目を向ける。

佐吉が言う。

「人を捜して……」

一言発した刹那に鳩尾《みぞおち》を拳で突かれた佐吉は、呻きながらもつかみかかった。

男は両腕で佐吉の腕を払いのけ、たまらず片膝をついて苦しむ佐吉を見もせず信平に歩み寄る。

「なんの用があろうとおれたちには関わりない。出ていけ」

山波新十郎が前に出ようとしたのを止めた信平は、男と向き合った。

「そなたに訊きたいことがある」

「黙れ！」

男は声を荒らげて、信平に殴りかかった。その右手首を信平につかまれて捻《ひね》り飛ばされ、巨体が板塀を突き破る。

「この野郎、よくも」

すぐに起き上がろうとした男だったが、眼前に狐丸の鋭い切っ先を突きつけられ、うっ、と息を呑んだ。

大きな目をさらに見開く男に対し、信平は眉ひとつ動かさず見据えて問う。

「怪我《けが》を負うた二人組の男を捜している。その者たちは察するに唐人だが、知っているなら教えてくれ」

男は信平を睨んだ。

「知っていても教えるものか」

応じぬ男を鈴蔵が問い詰めようとしたその時、路地の先に四人の男が現れた。同時に、背後にも殺気を感じた信平が目を向けると、三人の男が歩みを進めてくる。先ほど信平たちに白い目を向けていた無頼者たちは、その三人を恐れたように左右に分かれて道を空けた。

髭面の男が、前から近づく四人を見て舌打ちし、信平に言う。

「だから去れと言ったのだ」

信平は、殺気を放つ男どもを順に見て、頼母や家来に言う。

「そなたたちは佐吉を守れ」

「承知」

家来たちは、気を失ってしまっている佐吉を守り、後方から来る三人に向いて刀の鯉口を切る。

四人の男は皆総髪。身なりこそ京の町人だが、抜刀したのは直刀だ。日本語ではない言葉を交わし、信平に向かって猛然と迫ってきた。

信平は左の手刀を眼前に立てて左足を四人に向けて出し、右手ににぎる狐丸を背中に回して低く構える。

「しゃあ！《殺せ》」

一人が叫び、三人が直刀を真っ直ぐ信平に向けて走った。

突き出された切っ先が信平の眼前に迫るが、空《くう》を突かされた刺客たちの一人が、狩衣の袖を振るって素早く横に回転してかわした信平を追って直刀を振るう。

背中に迫る直刀を狐丸で受け止めた信平は、一足飛びに間合いを空けて振り向く。

すると眼前に、突き出された直刀が迫った。鼻先紙一重で信平がかわすと、直刀は長屋の板壁を貫く。

信平は刺客の胸を手の平で打つ。

飛ばされた刺客は背中を柱で強打したが、刀を離しておらず、歯を食いしばって向かってくる。

「あい！」

渾身の気合をかけて突き出された直刀を、信平は右手を振るって狐丸で受け流しつつ左腕を交差し、手の平で相手の顔面を打つ。

向かってくる勢い余り、両足が浮いた刺客。

信平はそのまま顔をつかんで、刺客の頭を地面に打ち付けた。

後頭部を強打して気を失った刺客から信平が離れる間もなく、右から直刀が一閃された。信平は見もせず飛びすさってかわし、それを刺客が追って転がり、立ち上がりざまに直刀を向けて飛び迫る。

地を這うように迫る直刀の切っ先を見切った信平は、狐丸で押さえて地面を突かせ、相手の刀身を滑らせて胸を峰打ちした。

打たれた刺客は飛ばされ、板塀にぶつかって路地に落ち、両手をついて起き上がろうとしたが、呻いて昏倒《こんとう》した。

それを見た二人の刺客の一人が、怒気を浮かべて直刀を振り上げる。

気合をかけて迫り、打ち下ろした一撃を信平がかわすやいなや、刺客は回し蹴りを繰り出した。

腕を蹴られた信平は飛ばされ、板塀に当たった。すぐさま右に転じて相手の蹴りをかわす。

板塀を蹴り破った刺客は憎々しげな顔で信平に向き、両足で地を蹴って飛び蹴りをした。

信平が横にかわすと、着地した刺客は飛んで迫り、直刀を一閃した。しゃがんでかわす信平の頭上で腰高《こしだか》障子が切断され、崩れ落ちる。

刺客は直刀を素早く転じ、信平の頭上から打ち下ろした。

狐丸で受け止めた信平は、左腕を振るう。

隠し刀で脛《すね》を斬られた刺客は背中から地面に落ち、足を押さえて悲鳴をあげながらのたうち回った。

信平の後ろでは、家来たちが佐吉を守って三人の刺客と戦っている。

若年の山波新十郎を強敵と戦わせまいとしていた頼母は、助けに入った鈴蔵と小暮一京と力を合わせ、一人を倒したところだ。

二人の刺客は形勢不利と見たらしく、徐々《じょじょ》に下がっている。

それを尻目に、信平は引かぬ一人に向かう。

侍の剣術とは違う動きの刺客は皆、かなりの遣い手。今信平と対峙している男は、肩の筋肉が盛り上がった大男で、上半身裸の胸板は分厚い。信平を睨みながら、頭に鉄の帽子を被《かぶ》ったその者は、眉間に深い皺を寄せて腰から得物を抜いた。左右の手に持ったのは、柄に瓜《うり》状の錘《おもり》が付いた得物（双瓜錘《そうかすい》という中国の武器）。

信平は左の隠し刀を眼前に立てて左足を出し、右手の狐丸を背中に隠す構えを取った。

男は油断なく右足を一歩出した刹那、猛然と迫った。そして気合をかけ、右手の双瓜錘を振り下ろす。

信平が引いてかわすと、男は左の双瓜錘を振るった。

それも引いてかわす横で、双瓜錘が長屋の柱をへし折り、土壁が崩れた。

重い鉄の塊を狐丸で受ければ、その破壊力で折れてしまう恐れがある。

男はその破壊力を誇示するように、外に置いてあった漬物石を打ち砕いて見せ、信平に勝ち誇った笑みを向ける。そしてすぐさま真顔になり、大音声の気合をかけて襲いかかった。

重い双瓜錘を木の棒のごとく扱い、突き技、振るい技をもって信平を打たんとするも、身軽に飛ぶ信平には掠《かす》りもしない。

苛立ち、憤慨した男は顔を真っ赤にして双瓜錘を左右に振るい、歯をむき出しにして迫った。

気合をかけて振るわれた双瓜錘を見切った信平は、右にかわすと同時に狐丸を一閃した。

飛んだ双瓜錘が長屋の板塀に突き刺さって止まり、その柄には、切断された男の手が付いていた。

手首から先を失った男は己の腕を見て目を見開き、後から襲ってきた激痛にのたうち回った。

頼母たちが相手にしていた輩《やから》は、男が倒されたのを見て戦意を失い、走って逃げた。

鬼気迫る戦いぶりを見ていた無頼者どもは、信平が一歩近づいただけで恐れて下がり、その者らをどかせて髭面の男が前に出てきた。

まだ戦うのかと思いきやそうではなく、信平にへつらう態度で言う。

「いやあ、お強い。お見それしました」

よく倒してくれたと喜ぶ男は、宇之正《うのまさ》と名乗った。

信平が、手首を切断されて気を失っている男を見て問う。

「これは何者じゃ」

「近頃この町を根城にしている怪しい連中の仲間です。元々わしらの縄張りでしたが、追い出そうとしても、逆に痛い目に遭わされ、押さえられていたのです」

「唐人か」

「どこの国の者かまでは知りませんが、背後に金持ちがいるらしく、銭をつかまされた小役人どもはあっという間に取り込まれて、こいつらが何をしようと見て見ぬふりです。おかげで、大勢の女が攫われたままです」

「おれの女も連れて行かれたままだ。お公家様、お願いですから助けてください」

先ほどまで敵視していた無頼者の一人が、手を合わせて懇願した。

嘘を言っているようには思えなかった信平は、目をさました佐吉に、頼母と新十郎と共に、倒れている者の手当てと捕縛を命じ、宇之正に言う。

「麿も攫われた者を捜している。この者たちの根城に案内いたせ」

「承知。おいてめえら聞いたか。千人力だ。やっつけに行くぞ」

宇之正の一言で無頼者たちが沸き立ち、長屋から出てきた連中も加わって二十人ばかりの手勢となった。

半分は佐吉たちの手伝いをさせた信平は、宇之正の案内で根城に急いだ。

長屋の路地を抜けた先は、青々とした野菜の畑が広がっていた。そのほとりの道を歩いていくと草が茂った空地があり、根城は空地の先に見える瓦葺きの屋敷だという。

土塀に囲まれた屋敷の木戸に、見張りの者が二人いる。こちらに気付いて中に入り、木戸を閉ざした。

鈴蔵が信平に言う。

「逃げた者が知らせたようです」

「急がねば逃げられてしまう」

信平は走った。

到着すると、言わずとも心得ている鈴蔵が刀を足場にして土塀に飛び上がり、中の様子を探って向こう側に消える。程なく木戸が開けられ、信平は中に入った。

石畳を歩んで屋敷の母屋に行くと、中から五人出てきた。

その者たちは皆、長屋で戦った相手と同じ直刀を持ち、信平に向かってくる。

信平は狐丸を抜いて最初の一刀を弾き上げ、返す刀で肩を打ち据えた。

呻いて倒れる相手を見もせず、右から斬りかかった者の刃をかわして背中を打つ。

瞬く間に二人倒す信平に、三人の敵は怯んで下がった。

押し入った信平に続いた宇之正と手下たちが、襲ってきた相手を押し返し、障子や襖を蹴り倒して奥へと進んだ。

信平も抗う唐人たちを打ち倒しながら屋敷の中を捜した。だが、攫われたと思しき女が五人いたのみで、光音と光行はいなかった。

屋敷を制圧したところで、鈴蔵が信平の前に来た。

「殿、渡月橋で邪魔をして逃げた二人を見つけました」

鈴蔵がすでに捕らえて縄で縛っていた二人は、信平を見ようともせず顔を横に向けて、庭であぐらをかいている。

宇之正が中年の男をつかんで座敷に入り、信平の前に座らせた。

「こいつが頭目です」

総髪の男は口髭《くちひげ》と顎髭《あごひげ》をたくわえており、身なりは唐の商人風だ。

信平はその男の前に立ち、尋問した。

「庭におる二人は麿の邪魔をし、大事な御仁《ごじん》を連れ去った。どこにおるか正直に答えよ」

すると男は、信平が示す二人を一瞥し、怯えたような目を向けてきた。

「どこにいるかなど知りません。我らは、邪魔をするよう雇われただけです」

嘘かどうか見抜けなかった。

一京が苛立って問う。

「嘘を言うな」

「嘘ではない。ほんとうです」

片言で訴える男に、一京はさらに尋問した。

その話を聞いていた宇之正の手下が、小声で何か言った。

すると宇之正が手下の頭をたたき、早く言えと叱って信平に向く。

「お公家様がお捜しなのは、ひょっとして真っ黒い武家駕籠を担いだ連中ですか」

「そうだ」

宇之正が目を見張り、手下の肩をつかんで前に出した。

「こいつが見たそうです」

信平は手下を見た。

「まことか」

「はい。怪しい連中が身なりに似合わない武家駕籠を担いで去るのを、この目で見ました」

「中に老翁《ろうおう》が乗っていたのだが、連れ込んだのはここではないのか」

「町を走るのを見ただけですが、方角は違います」

この近くにいるはずと思う信平は、うなずいた。

「礼を弾むゆえ、皆で手分けをして駕籠を捜してくれぬか」

鈴蔵が歩み寄り、懐から銀を差し出した。

その多さに宇之正は舌なめずりをして顎をなで、信平に言う。

「こいつらをたたきのめしてくれたうえに雇ってくださるとは有り難い。おい野郎ども、行くぞ！」

「おう」

声を揃える手下が集まった。その中に、女を抱いている者がいる。先ほど、信平に頼んだ男だ。

「おかげさまで女を取り戻せました。恩返しに必ず見つけます」

男はそう言い、女と揃って頭を下げた。そして、女を先に帰らせた男は、宇之正と共に、駕籠を捜しに出ていった。

信平は鈴蔵を所司代《しょしだい》屋敷に走らせて唐人たちを捕らえさせ、人手を借りて光行の行方を追って町を捜した。だが日が暮れても見つけることはできず、翌日も朝から捜しに出た。

宇之正も手下と共に捜してくれたが、

「もう、この町にはいないかもしれません」

しらみつぶしに当たっても、影さえ見えないと言う。

銭才にしてやられたのだ。

信平は光行と光音を案じ、所司代屋敷に向かった。前任者の板倉重矩《いたくらしげのり》に替わって所司代を務めている永井尚庸《ながいなおつね》は、奏者番《そうじゃばん》と若年寄《わかどしより》を歴任して今の地位がある。

信平は江戸城で幾度か顔を合わせており、所司代屋敷で対面した永井は親しく接してくれた。

「昨日お預けした者どもですが」

信平がそう切り出した途端に、永井は穏やかな表情を一変させ、齢《よわい》四十四の顔に憂えを浮かべて言う。

「厳しく取り調べたところ、数多《あまた》の悪事をすぐに白状しました。しかしながら、加茂光行殿と光音殿については、ただ雇われただけなので分からぬと申します。残念ながら、どこに連れて行かれたかも含め、知らぬようです」

佐吉に捕らえさせた双瓜鎚の大男も拷問にかけたが、同じだという。

信平は礼を言い、かの者たちの素姓を問うた。

永井は前から目を付けていたらしく、分かっていることを教えてくれた。

それによると、日ノ本の商人になりすまして京に入り込み、町役人を買収して悪さをしていたらしい。

「ただのごろつきが、金目当てで雇われただけかもしれませぬ」

信平は、二年前に三倉内匠助を助けるため鞍馬で戦った唐人たちの仲間と疑っていただけに、永井の話は鵜《う》呑みにできなかった。

そこで、思うことを永井に告げた。

「かの者たちの背後には、銭才の一味である成太屋源治郎《なるたやげんじろう》がいるかもしれませぬ。三倉内匠助殿に太刀を打たせようとした大商人です」

「なんと」

驚いた永井は、すぐに思い当たったようにうなずいた。

「なるほど。では、その筋を問い詰めてみましょう」

「隠れ家の場所が分かれば、動かれるまでに鷹司家へお知らせください」

「承知した」

「では、これにて」

もう行くのかという永井に礼を述べた信平は、加茂光行と光音にたどり着く手がかりを探しに戻った。

永井が鷹司家に信平を訪ねてきたのは、翌日のことだ。

向き合う信平に、永井は神妙に言う。

「捕らえた者たちを拷問しましたが、成太屋源治郎など知らぬと言います。神妙にしており、嘘をついているようには思えませぬ。また、隠れ家についても、信平殿が押し入ったところ以外にはないらしく、まことに銭で雇われたようです」

「そうですか」

期待していた信平は、手がかりがひとつ減り肩を落とした。引き続き京中を探すと言ってくれた永井に礼を言って表まで見送り、そのまま佐吉たちと探索に出かけた。

四

同じ日、信政は、薫子と二人で御所の役目に励んでいた。

帝は朝餉《あさげ》を終えた後から奥に籠もり、昼を過ぎても姿を見せなかった。お出ましになる木戸を何度も見ながら案じた信政は、黙然と掃除をしている薫子に声をかけてみる。

「弘親殿、よろしいですか」

帝の昼御座《ひのおまし》を整えていた薫子が信政に顔を向け、男言葉で言う。

「なんだ」

「もう昼になりますが、帝は茶菓も召し上がらず奥に籠もりきりで、何をしておられるのでしょうか。もしやお具合が悪いのでは」

「入ってはならぬと仰せゆえ、うかがうことはできぬ。案じずとも、お身体はご丈夫だ」

「そうですか」

信政は掃除に戻り、床を拭きにかかった。奥に出入りするための木戸が開いたのは、その時だ。

緋色《ひいろ》の衣が目に付いた信政は、顔を見てはならぬと思いその場に平伏した。

静かに歩み、薫子が御簾《みす》を下ろした昼御座に座した帝が、信政に近《ちこ》う寄れと声をかけた。

従った信政が膝行し、薫子の後ろでふたたび平伏すると、帝は落ち着いた声を発した。

「先ほど、朕が頼りにしている陰陽師からお告げがあった。薫子、強い術をもって、そなたを見つけ出そうとしている輩がいる。そこで、そなたをより強固な結界の中に隠すこととする」

突然だったが、薫子は覚悟していたのか動じず平伏したまま、はいと答えた。

「信政」

「はは」

「そなたは朕がよいと言うまでこれへ控え、奥になんぴとも入れぬよう守ってほしい」

「承知つかまつりました」

「支度を整える前に輩が突き止めてくるやもしれぬ。万一の時のために、そなたに雲雀《ひばり》の太刀を授ける」

薫子が御簾を上げ、帝から太刀を受け取って信政の前に座した。

顔を上げた信政は、薫子が差し出した太刀を両手で押しいただき、前に置いて平伏した。

帝が信政に声をかける。

「しばらくの辛抱じゃ。世のために、頼むぞ」

「はは」

帝は薫子を促して立ち上がり、御所の奥へ入った。

信政は太刀を片手に、閉じられた木戸に歩み寄った。背を向けて座したものの、ふと気になって振り向く。これより奥に足を踏み入れたことがないので建物の構造が分からず、賊が庭から襲うのではないかと思ったのだ。

帝が口にした輩とは下御門の一味だと思う信政は、一人で守り切れるだろうかと不安になる。

だが、父に打ち明けることを許されぬ今は、たった一人で帝の命に従うのみ。何より薫子のために、覚悟を決め、奥の外側がどうなっているのか見ておこうと立ち上がり、庭に出た。御所の奥を外から回って見ると、格子がはめられた高窓があるのみで、人が踏み入れられる外障子や縁側はなかった。檜皮葺《ひわだぶ》きの屋根と板塀に囲まれ、人の立ち入りを拒む佇《たたず》まいに神々しさを覚えた信政は、神聖な場に近づいてはならぬと思い離れて一周し、木戸の前に戻った。

座して気持ちを改め、授かった太刀を抜いて見る。

直刃《すぐは》の刃文の刀身に傷ひとつない太刀は、父が持つ狐丸に劣らぬ美しさ。

細身で軽い刀身の根元には、名の由来なのか、空を飛んでいるような雲雀が彫られている。目を見張るほどの美しさだが、実戦に向くのかと思う信政は、目を閉じて雲雀の太刀を使うことがないよう願い、金の菊御紋が入れられた茶色の鞘に納めた。そして左に置き、前を向いて木戸を守った。

時が過ぎ、夕暮れが近づいても交替する者はいない。だが、鞍馬山で厳しい修行を重ねてきた信政はまったく苦にならない。

薫子を守り切れば、父の助けにもなるのだと思う信政は、集中を切らせることはなかった。そして、修行で研ぎ澄まされた剣士としての感覚が僅かな気配を察し、信政は太刀をつかんで立ち上がった。

「何者」

廊下に向かって声をかけた。すると、建物の角を曲がってきたのは東子だ。

信政は安堵しながらも、歩みを止めぬ東子のために廊下に出た。

「東子殿、それ以上近づいてはなりませぬ」

声に応じて足を止めた東子は、不思議そうな顔をして、持っていた膳を少し上げて見せた。

「夕餉の刻限（申《さる》の刻）ゆえ、帝の御膳をお持ちしました。弘親殿のお姿が見えませぬが、信政殿、怖い顔をしていかがしたのです」

薫子のことを言えるはずもない信政は、東子の目を見て告げた。

「神事をなさっている帝に付き添われています」

すると東子は、解《げ》せぬ顔をした。

「神事……。今はその時期ではないはずですが」

「詳しいことは存じませぬが、これよりなんぴとも立ち入らせぬよう仰せつかってございます」

「わたくしも拒まれるのですか」

「申しわけありませぬ」

頭を下げる信政の頑《かたく》なな態度に、東子は微笑んだ。

「いつから守っているのです」

信政は顔を上げた。

「昼過ぎからです」

「では、帝もさぞお疲れのはず。夕餉も召し上がらぬおつもりでしょうか」

「分かりませぬ」

東子は明るさを確かめるように空を見上げ、その目を伏せ気味にして言う。

「急な神事とあらば、水も食事も摂られぬかもしれませぬが、置いておきます。暑い時季ですから、一刻（約二時間）後には下げにまいりましょう」

受け取りに来いという目顔をされた信政は、太刀を帯に差して歩み寄った。

渡された御膳には、白米、白身魚の炙《あぶ》り焼き、昆布の佃煮《つくだに》、蒸し鮑《あわび》、汁物が並んでいる。

東子は目を伏せて下がり、向きを変えて去った。

見送った信政は上座に膳を置き、元の場所に戻った。流れてきた料理の香りに空腹を覚えたものの、座して木戸を守る。

何ごともなく一刻が過ぎ、東子が膳を下げに来た。

微動だにせず座していた信政は、膳を持って部屋から出ると、離れた場所で立ち止まっている東子のもとへ行った。

東子は、手を付けられていない料理を見て引き取り、何も言わず下がった。見送った信政が戻ると、木戸が開けられた。

平伏した信政の前に出てきた帝が言う。

「疲れたであろう。少し休むがよい」

「帝こそ、お休みください。ただいまお食事を持ってまいります」

「では、軽い食事を三人分頼む」

「はは」

信政は東子を呼びに走った。まだ廊下を歩んでいた東子を見つけて声をかけ、三人分の食事を頼んだ。すると東子は安堵した様子で応じ、急いで下がった。

程なく届けられた膳は、帝が望むとおり軽い物で、椀《わん》に盛られた白飯と干し魚、海藻の佃煮、漬物、汁物だけの質素な物だ。

それらが一膳にまとめられたものを三段に重ねて持ってきた東子は、一番上を帝に出すように教えて渡し、下がった。

信政が御所に戻ると、待っていた帝は自ら運ぶという。

驚いた信政は、戸惑った。

すると帝は屈託のない笑みを浮かべて言う。

「今はそなたとて奥へ入れるわけにはまいらぬ」

両手を差し出されて、信政は渡した。

戻る帝のために木戸を開けた時、中が少しだけ見えたが、すぐに前を向く。

帝は三段重ねの膳を持って入り、信政に言う。

「四半刻で膳を戻す。それまでそなたも休むがよい」

「おそれながら、結界は整うたのでしょうか」

薫子を案じる信政に、帝は微笑む。

「安堵して休め」

「はは」

帝を見送った信政は木戸を閉め、部屋から出た。

そこへ東子が現れ、手招きする。

廊下を急いで行くと、東子は膳を差し出した。

「今のうちに、お上がりなさい」

信政は驚いた。

「見ていたのですか」

「帝が御膳を所望されたゆえ、そなた様にもお持ちしたのです」

受け取った信政は、礼を言って、気になったことを訊いた。

「帝は三人分を所望されましたが、奥にはどなたがおられるのですか」

「それは、そなた様も聞いているはずです」

「陰陽師……」

東子はうなずく。

「いつの間に入られたのか不思議ですか」

「はい」

正直に答える信政に、東子は微笑んだ。

「我らそば仕えの者も知らぬことですから、お答えできませぬ」

「さようで……」

「気にせず召し上がれ」

東子はそう言って下がった。

信政は木戸が見える廊下に座し、膳を置いた。帝に出された軽食と同じ物を急いで腹に収め、用を足して戻ろうとしたところ、一旦下がっていた東子が声をかけてきた。

「信政殿、内房殿からこれを預かりました」

差し出されたのは文だ。表には何も書かれていないが、受け取って胸に入れた信政は、御所に戻って木戸の前に座し、帝がお出ましになるまでに目を通そうと取り出す。

文は父信平からだった。

息災か。そなたに知らせるべきことがありしたためた

文を読み進めた信政は目を見張った。

加茂光行と光音が銭才に攫われたことに加え、薫子の居場所を探るためだと書かれている。父がこの文をよこしたのは、薫子が帝のおそばにいることを知っているのか。それともかまをかけているのか。

読み終えた信政は、木戸に振り向いた。

帝が薫子を奥へ入れたことと、父が記している内容が繋《つな》がる。

光音の力が優れているのを知る信政は、銭才に強要されて薫子の居場所を探っているのだと分かり、急に不安になった。気は引き締めていたいっぽうで、襲撃はないだろうと高をくくっていた自分がいたからだ。

父信平が苦戦するほどの相手が実際に襲ってくれば、一人では守り切れない。

実戦に向きそうにない雲雀の太刀を見つめた信政は、どうすべきか考えた。このままでは、薫子が奪われてしまう。まだ修行の身ゆえの自信のなさから、漠然とした不安を抱いた時、言葉が浮かんだ。

師、道謙の教えを思い出し、父信平の落ち着いた姿を目に浮かべてみる。

「何ごとも、焦ってはならぬ」

自分に言い聞かせた信政は、文を開き、父の字を見つめた。

背後に足音が近づいた。

いち早く気付いた信政は木戸を開けて下がり、帝から膳を受け取って横に置いた。

戻ろうとする帝を、信政は呼び止めた。

「お目通し願いたき物がございます」

帝は振り向き、信政が差し出している文に目を向けた。

帝が文を手にすると、信政は平伏した。

「誰からじゃ」

「わたしは、偽っていたことがございます」

黙って読み終えた帝は、信政を見た。

「面を上げよ」

「申しわけございませぬ」

「よいから、上げよ」

信政が従うと、帝は文を差し出して微笑んだ。

「そなたの素姓はお見通しじゃ。朕の力になってくれることは分かっていた」

信政は驚き、言葉も出ない。

帝が言う。

「朕のそばには、加茂家の者に勝る術の遣い手がおる。それゆえ、そなたを薫子のそばに置いたのじゃ」

信政は目を見張り、思うことを言おうとしたが、帝が手で制した。

「そなたの不安は分かるが、今しばらく、信平には薫子のことを伏せてくれ。下御門の手の者は、決して近づけさせせぬ」

帝の命には逆らえない。

「承知いたしました」

信政はふたたび平伏して、奥に戻る帝を見送った。

この時、薫子は奥の部屋で正座していた。

十六畳の広さがあるものの、四方を漆喰壁に囲まれて重い木戸に閉ざされ、外の空気を入れる格子窓がいくつかあるのみ。

真夏ならば暑さが籠もりそうな造りにもかかわらず、中はひんやりとしていた。

御幣《ごへい》が下がった藁縄《わらなわ》で四角に囲まれた中に座している薫子が、先ほどから目を離さぬのは、蠟燭が灯された祭壇に向かう、白い狩衣を着けた老翁だ。

齢九十二の老翁の名は安倍晴豊《はれとよ》。

好きに暮らすと言い、長らく京から離れていたのだが、下御門の台頭を予言し、帝に奏上するため密かに宮中へ戻っていた。

晴豊の力を知っていた帝は奏上を受け、下御門に奪われる前に、薫子を御所に匿《かくま》っていたのだ。

その晴豊が、戻ってきた帝に微笑む。

「文を読まれましたか」

帝は薫子を一瞥して晴豊の前に座し、穏やかに言う。

「見ておられたか。そなたが申したとおり、信政は信平の子であった」

晴豊は満足そうな面持ちで言う。

「信政がおる限り、薫子様は安泰」

帝はうなずくも、咳をする晴豊を気遣い、表情に不安をにじませて言う。

「そなたの命あっての安泰じゃ。無理はいたすな」

「敵もなかなか強い術を使うてきますゆえ、結界の力を増しまする」

晴豊は祭壇に向かい、そのための呪を唱えはじめた。部屋の中は風が止まっているはずだが、薫子を囲う縄が上下に揺れ、護符が生きているように左右へ動いた。

ここから結界の輪が広がり、宮中全体を覆い隠しているのだと帝から教えられていた薫子は、晴豊の強い力を肌で感じてこころが安らいでいた。

結界に守られた宮中にいる限り、連れ去られることはない。実の祖父といえども一度たりとも会ったことがなく、まして世を乱さんとする下御門に利用されてなるものか。

強い気持ちを持って座している薫子は、戸を守る信政を心配した。心根が優しい信政が、無理をしているのではないかと思うからだ。

帝は太刀を授けて託されたが、信政が戦う姿が想像できぬ薫子は、下御門が襲ってこないのを祈るばかりだ。目を閉じ、何ごともなきことを胸の中で念じた時、呪を唱えていた晴豊が咳《せ》き込んだ。

「晴豊、無理はよくない。少し休め」

帝が背中をさすって声をかけたが、晴豊はまるで耳に届いていないかのように、咳が止まると呪を唱えた。

五

その一瞬のゆるみを逃さぬ者がいた。離れた場所にいる加茂光行だ。

薫子の居場所をはっきりつかんだ光行だが、決して顔には出さず、呪を唱え続ける。だが、光音はどうだろうかと気になり、右に顔を向けた。

光音は手を合わせて呪を唱えているものの、衰弱のせいで力が弱まり、見えていないようだ。

いつ倒れるか分からぬ孫娘の身を案じつつも、光行は前を向いた。

そばに座している帳成雄は、光行の気の移ろいを逃さなかった。じろりと睨み、厳しく問う。

「おぬし、何か見えたのであろう」

光行は動じることなく、呪を唱えるのをやめてとぼけた顔を向ける。

「見えかけたが、また靄《もや》がかかった」

帳成雄は疑いの目を細めて鼻で笑い、下座に控えている甲斐に振り向いた。

意図を察した甲斐が立ち上がってくると、脇差を抜いて光音の背後に立った。

帳成雄が、先ほどとは一変して穏やかに言う。

「わたしを騙せると思わぬことです」

「騙してなどおらぬ。いつもの霧が邪魔をするのじゃ」

光行は困り顔をして見せる中、光音は呪を唱え続けている。

甲斐はそんな光音の頭を鷲《わし》づかみにして上を向かせ、脇差の切っ先を目に向けた。

「待て！」

光行が叫ぶと、甲斐は光音の黒目に切っ先が当たる寸前で止めた。そんな状況でも光音はされるがまま、目を閉じようともしない。

「分かった、今一度探るゆえ孫を離してくれ」

甲斐はほくそ笑み、応じた。

膝下に倒れた光音を起こそうとした光行だったが、その眼前に甲斐の脇差が向けられる。

「早くしろ」

光行は仕方なく孫娘を横にさせ、祭壇に向かう。両手を合わせ、一か八かの賭けに出た。

帳成雄は、己が知らぬ呪を唱える光行を怪しんだ。

「その術はなんじゃ。やめよ、やめぬか」

帳成雄に従わぬ光行は、呪を唱え続ける。

甲斐が止めようとしたが帳成雄は手で制し、じっと光行を見据えてうかがう。そして、己も顔の前で右手の人差し指と中指を立て、呪を唱えた。

程なく、気を失っているはずの光音がかっと目を見開いて起き上がり、光行に飛びかかった。それでも呪を唱え続ける光行は、最後まで終えた。

光音は光行に馬乗りして顔を両手で押さえ、正体のない眼差しを向ける。そして光のない黒目で光行の目を覗き、帳成雄に顔を向けた。

「霧を出して我らを惑わす者は、禁裏御所の奥深くにいる」

「ようやった」

帳成雄はにたりとし、右手を横に流した。すると光音は気を失い、ぐったりと光行に覆いかぶさった。

帳成雄は祭壇に向かい、呪を唱えはじめた。

禁裏御所の奥深くで、迫りくる邪悪な気と戦っていた晴豊は、苦悶の面持ちとなりながら抗っていたが、弾かれたように倒れ、苦しむ。

そんな姿を初めて目の当たりにした帝は驚き、駆け寄った。

「晴豊、しっかりいたせ」

心配する帝に起こされた晴豊は、帝の手を離して祭壇に向かい、一心不乱に呪を唱えるいっぽうで、震える手で筆を執り、精神を集中して護符に呪を記した。そして帝に託す。

「こ、これを、薫子殿の胸と背中に貼ってくだされ」

万が一を心得ていた帝は、すぐさま動いた。

結界の中で手を合わせている薫子に歩み寄り、着物の両肩を外して柔肌を露《あらわ》にすると、喉の下に一枚貼り付け、もう一枚は背中に貼り付けた。すぐに着物で肌を隠してやり、晴豊のもとへ戻る。

ふたたび倒れた晴豊は、息を荒くしていた。

「しっかりいたせ。今、医者を呼ばせる」

信政のところへ行こうとする帝の手をつかんだ晴豊が、首を横に振る。

「力、及ばず……。敵は、すぐ近くに……」

言い終えぬうちに、こと切れてしまった。

頼みを失い動揺した帝は、廊下に出て大声をあげた。

「信政！　まいれ！」

目を閉じて座していた信政は、奥からした帝の声に立ち上がった。

「ただいま」

声をかけて木戸に手を伸ばした時、背後に異様な気配を感じて振り向いた。

外はすっかり暗いが、確かに気配がある。

「曲者！」

信政は帝に聞こえる大声を出し、廊下に出た。庭を挟んだ先にある殿舎の屋根に目を向ける。曲者は、月明かりのない闇に溶け込んでいる。

虫の気配も感じられる信政は、闇に鋭い目を向けた。

「そこにいるのは分かっている。何者だ」

すると、闇の中で気配が動いた。

庭に下り立った影はひとつ。

剣気に押されて下がる信政。

明かりが届く場所に出たのは、甲斐だ。

覆面をつけている甲斐は、か弱そうな若造だと思いほくそ笑み、土足で廊下に上がる。

甲斐の名を知らぬ信政は、銭才の手下に違いない忍び装束の曲者を見据え、雲雀の太刀に手をかけた。

そんな信政に鋭い眼差しを向けた甲斐が、落ち着きはらった声で言う。

「小僧を殺《あや》めるつもりはない。我らの邪魔をする陰陽師が、その木戸の奥におろう。正直に言えば去らせてやる」

「そのような者はおらぬ。御所に土足で上がるとは何ごとだ。下がれ」

「威勢のいい小僧だ」

鼻で笑った甲斐が、猛然と迫った。抜刀して打ち下ろされた一刀を、信政は見切ってかわした。

空振りさせられた甲斐は、見張った目を信政に向けて振り向き、片手で斬り上げる。

迫る切っ先をひらりと飛んでかわす信政。

甲斐は一足飛びに間合いを詰め、着地したばかりの信政の胸を狙って刀を真横に一閃する。

信政は俊敏に身体を引いて切っ先をかわしつつも、目は甲斐に向けたままだ。

またしてもかわされた甲斐は、右手ににぎる刀の切っ先を信政に向け、右足を出して低く構えなおした刹那、左手で腰の棒手裏剣を抜いて投げ打った。

信政は雲雀の太刀の柄で打ち払う。

その時甲斐は、右手の刀で斬らんと迫っていた。

左から鋭く一閃される太刀を見もしない信政は、身体を鋭く横に転じつつ前に出て、甲斐の左側からすれ違う。

空振りした甲斐は、一瞬だけ信政を見失った。慌てて振り向いた時には、信政は飛びすさっており、右手には抜刀した雲雀の太刀を下げていた。

追って出ようとした甲斐は、左腕に痛みが走って目を向けた。すると、二の腕の衣が割れ、今になって血が流れた。

遅れて血が出るのは、それだけ切れ味が鋭い証。太刀を使いこなす剣技は、厳しい修行のたまものだ。

甲斐は猛然と斬りかかった。

信政も一足飛びに迫り、雲雀の太刀を鋭く一閃する。

刀がかち合い、両者飛びすさる。

刀が折れた甲斐は、捨てて信政を睨む。

「小僧、何者だ」

信政は答えず、木戸を守って甲斐を見据えている。

小僧とは思えぬ隙のなさと面構えを見た甲斐は、油断なく下がり、右手を信政に向けて振った。その背後の闇から染み出るように現れたのは、十人の配下だ。

「覚悟しろ」

甲斐に言われた信政は鞘を置き、雲雀の太刀をにぎる右手に力を込め、曲者どもを見据えた。

「やれ!」

甲斐の一言で、曲者が攻めてきた。

木戸を守る信政は、その場を動かず一刀を打ち払い、片手打ちに相手の手首を斬る。

呻いて下がる曲者と入れ替わりに、別の黒装束が斬りかかった。

忍び技の激しい攻撃を片手で受ける信政は、右へ左へと激しく打ち下ろされる刀をすべて止めつつ、相手を見据えている。そして一瞬の隙を突き、雲雀の太刀を小さく鋭く振るって籠手《こて》を斬った。その刹那に、別の者が右から斬りかかる。信政は受け止めたが胸を蹴られ、背後の壁で背中を打った。

歯を食いしばり、繰り出される刀を受け流して相手の足を斬り、呻いて下がる曲者と入れ替わった敵と対峙する。

きりがない。

三人に迫られ、じりじりと下がる信政は、曲者の背後を木戸に向かう甲斐に気付いて声をあげた。

「待て！」

甲斐はほくそ笑み、木戸を見据えて歩んだ。その時、信政に迫っていた三人が瞬く間に打ち倒された。

助けたのは道謙だ。

信政は目を見張る。

「師匠」

道謙は渋い顔でうなずき、斬りかかった曲者を見もせず刀をかわし、鞘に納めたままの太刀で背中を打つ。

飛ばされた曲者は廊下を転がり、庭に落ちた。

老翁とは思えぬ道謙の動きは、甲斐の配下たちに息を呑ませるほど軽い。

甲斐は、配下たちが恐れるのを見て舌打ちしつつも、そばに寄った配下が差し出す刀をつかみ、帳成雄の邪魔をする者を倒すため奥へ入ろうと木戸へ走った。

許さぬ道謙は床を蹴って身軽に木戸へ飛び、愛刀埋忠明寿《うめただみょうじゅ》を抜いて迫る。

甲斐は飛びすさって道謙の一撃をかわし、刀を脇構えにしてさらに下がった。

道謙は愛刀を右手に下げ、ゆったりとした仕草《しぐさ》で向き合い、甲斐を見据えて言う。

「禁裏を騒がせる愚か者めは、わしが成敗してくれる」

甲斐は正眼の構えに転じたものの、道謙の凄まじい剣気に、手傷を負った身では勝てぬと察して庭まで下がった。

「急げ！　曲者を捕らえよ！」

大音声が庭に響き、松明《たいまつ》を持った手勢が来た。舘川肥後守が駆け付けたのだ。

甲斐は道謙に対し、

「次は仕留める」

と捨て台詞《ぜりふ》を吐いて屋根に飛び上がり、姿を消した。無傷の配下どもは屋根に飛び上がった時、無情にも、倒れている仲間に手裏剣を投げ、口封じに息の根を止めて逃げた。

「追え！　逃がすな！」

舘川が怒鳴り、手勢と共に賊を追って走る。

道謙は刀を鞘に納め、信政に歩み寄る。

「信政、怪我をしておらぬか」

「師匠のおかげで助かりました。ほんのかすり傷です」

信政も太刀を鞘に納め、道謙に頭を下げた。

安堵した道謙は、厳しい顔で問う。

「帝は奥におわすのか」

信政は、心中を悟られぬよう答える。

「はい」

道謙は一歩近づいた。

「わしの目を見て答えよ。賊の狙いはなんじゃ」

「分かりませぬ」

信政は薫子のために、意志の強さを示す。

すると道謙は、悟ったように笑みを浮かべた。

「よい目をしておる。そなたを信じるといたそう。じゃが、信平はわしとは違い数多の修羅場を潜っておる。ましてそなたは息子じゃ。すぐに見抜かれるぞ。それでも親に嘘をつきとおすか」

信政は太刀を背後に回して座し、平伏した。

何も言わぬ信政に、道謙はあぐらをかいて見つめ、諭した。

「奥に何があるか、大方察しはつく。このまま守り切れると思うか」

「…………」

「信政、父を頼れ」

「できませぬ」

「何ゆえじゃ」

「帝の思し召しにございます」

道謙が探る目を向けていると、曲者を追っていた舘川が戻ってきた。

その時木戸が開き、帝が姿を現した。

禁裏付の手勢たちが頭を下げ、舘川が帝に言う。

「曲者の侵入を許したこと、深くお詫《わ》び申し上げます。いかなる厳罰も甘んじてお受けいたしまする」

平伏する舘川に、帝が声をかけた。

「朕がそなたを遠ざけておるゆえ仕方のないこと。されどこれからは、外の守りを厳にせよ。なんぴとたりとも、ここへ入れてはならぬ」

「はは！」

道謙が言う。

「帝、このままではまた賊がまいります。押し入った元となる物を、禁裏付に引き渡されるべきかと存じます」

「元は断たれた」

帝の言葉に、信政は酷《ひど》く動揺した。薫子はどうしたのかと問いたいが、許されるはずもなく黙っていると、帝が庭に顔を向けた。

「舘川、朕が頼みにしていた安倍晴豊が、先ほど奥で身罷《みまか》った」

晴豊が奥にいたことに驚いた舘川は、目を見開いた顔を上げた。

帝が続ける。

「関白と一条に、手厚く供養するよう伝えてほしい」

「承知つかまつりました。直ちに」

立ち上がった舘川に助けを求められたのは、茂木大善だ。

茂木は道謙と信政に顎を引き、舘川と二人で奥へ入っていった。

「わたしも手伝います」

信政が帝に願い、許された。

追って中に入ると、行灯の明かりが続く廊下の先に二人がいた。

信政は走り、二人が入った部屋に行く。すると、祭壇の前で仰向けに眠る老翁がいるだけで、薫子の姿はどこにもなかった。

部屋は手前にもうひとつあった。薫子はそこに隠れているのだろうと思う信政は、晴豊を運び出す手伝いをした。

晴豊を木戸から出し、手勢に託した茂木から耳打ちされた道謙が、渋い顔でうなずき、信政を見てきた。薫子がいないことを教えられたのだと思う信政は、何も言えず目を伏せた。

道謙は黙って帝に頭を下げ、舘川らと引き上げようとしたが、帝が声をかけた。

「信平に、早う加茂光行と光音を助けるようお伝えくだされ」

道謙は渋い顔で言う。

「晴豊殿が居場所を見抜いたのならば、お教えくだされ」

帝は首を横に振った。

「晴豊は何も申さずこの世を去りました。今となっては、知る術がないのです。加茂家の者を連れ戻した時は、信政に知らせるよう、信平に伝えてください」

道謙は驚き、信政を見た。すると信政が言う。

「帝は、親子だとご存じです」

うなずいた道謙は、帝に顔を向けた。

頼りにしていた安倍晴豊がこの世を去り、意気消沈した様子の帝を見ていた道謙は、神妙な面持ちで頭を下げた。

「承知しました。我が弟子は、帝のご期待を裏切りませぬ」

暗に信政にも伝えた道謙は、帝の前から下がった。

第三話　呪縛の光

一

「なぜじゃ」

帳成雄は焦りの声をあげ、瞼を開けた。揺らめく蠟燭の火を見つめて、光行に言う。

「宮中を隠していた霧が晴れたというのに、皇女の姿がどこにも見えぬとは、どういうことか」

術を使っていた時に意識を失って倒れた光音のそばに行っていた光行は、問いに答えず、可愛い孫娘の頬に手を当てた。

「熱が出てきた。頼む、孫の命だけは助けてくれ」

帳成雄は、祭壇に向き直って言う。

「またいつ宮中が霧で隠されるか分からぬ今、許すわけにはいきませぬ。今のうちに、皇女を見つけるのです」

「光音もわしも、もう無理じゃ。できぬ」

帳成雄は光音を見下ろし、額に指を当てた。

「光行殿、今わたしが力を込めれば、光音は二度と、目をさましませぬぞ」

「何をする、手を離せ」

焦る光行に、帳成雄は鋭い目を向けた。

「では問いに答えてください。そなた様が唱えた、わたしが知らぬ呪文のことです。あれは、ほんとうはなんのための呪文ですか」

光行は困り顔をした。

「誤解をするな。わしが編み出した人を捜す術じゃ」

「そのような戯言《たわごと》を信じろとおっしゃるか」

「嘘ではない。術には自信がある。霧が晴れても見つからぬのは、皇女がこの世におらぬからではないか」

「黙らっしゃい！」

「待て、怒るな。見えぬから言うたまでじゃ」

帳成雄は光音の額から手を離し、光行を指差して怒りをぶつける。

「殺されたくなければ、続けることだ。陰陽師が守っている宮中に、皇女は必ず隠されています。また邪魔をされる前に見つけるのです。早く！」

「分かった！　分かったから落ち着け。まずは光音から離れろ。気になって集中できぬ」

帳成雄は荒々しい仕草で法衣の袖を振るい、膝を転じて光音から離れると、光行を見据えた。

光行は応じて祭壇に向かい、薫子を捜すために呪を唱えはじめた。

帳成雄はふたたび光音に近寄り額に手を当てた。熱を確かめるのかと思いきや、声に出さぬ呪を唱える。光音を見る眼に妖《あや》しい光を宿した時、光音がゆっくり瞼を開いた。無表情で起き上がり、呪を唱えている光行を見つめている。そして程なく、血の気を失った唇に耳を近づける帳成雄に対し、何かをささやいた。聞き終えて悪い笑みを浮かべた帳成雄は、光音の顔を見てうなずき、額を押して仰向けにさせ、眠りにつかせた。

それらに気付かず、まったくこちらを見ないで呪を唱え続けている光行に目を向けた帳成雄は、たくらみを含んだ表情となった。

二

一日かけて、京で清らかな水がある場所をめぐっていた信平は、手がかりを得られぬまま鷹司家に戻ってきた。

途中で合流していた佐吉たち家来と門内に入ると、関白房輔が慌ただしく出てきた。

日が暮れて出かける様子の房輔を見送るために門で待っていると、気付いた房輔が急ぎ足で近づいてきた。

「信平殿、どうでしたか」

「見つかりませぬ」

「そうですか」

房輔は下を向いて残念そうな息を吐き、信平を見てきた。

「中で道謙様がお待ちです。麿は急ぎますゆえ、話は道謙様からお聞きください」

従者と共に出かける房輔を見送った信平に、佐吉が歩み寄る。

「ずいぶんお急ぎのようですが、何か大事があったのでしょうか」

信平は気になり、道謙のもとへ急いだ。

灯籠の明かりがある庭に面した客間に行くと、あぐらをかいていた道謙が渋い顔で見てきた。

「戻ったか」

信平は下座で向き合い、両手をついた。

「お待たせいたしました。御所で何かあったのですか」

「うむ」

道謙から襲撃の騒動を聞かされた信平は、安倍晴豊の存在を初めて知った。同時に、光行と光音の身を案じた。

信平は道謙に訊く。

「光音殿と同等の力を持つ銭才の配下が、術をもってしても薫子を見つけられなかったのは、晴豊殿の存在があったからと見てよろしいですか」

道謙はうなずいた。

「かの者は、法皇様も頼りにしておられたほど力を持つ。帝は、外に宮中を見せまいとして密かに入れられたか、あるいは、かの者から来たか。いずれにせよ、隠したいものがあるということじゃ」

そう語る道謙の表情が、何かを知っているように思えた信平は、問わずにはいられない。

「それは、薫子のことをおっしゃっているのですか」

「信政は、あれから何か言うてきたか」

「いえ」

道謙は顎を引き、信平の目を見て言う。

「わしは信政に、中に薫子がおるのではないかと問うたのじゃが、おるとも、おらぬとも言わぬ」

「愚息《ぐそく》の不忠をお許しください」

「責めておるのではない。信政は見上げた者じゃ。帝から一切他言せぬよう命じられ、頑なに守っておる。おそらくそなたが問うても、何も語るまい。問えば苦しめるだけゆえ、ほっといてやれ」

はっきり口には出さぬが、道謙の目顔は、中に薫子がいるはずだと語っている。

もしそのとおりならば、光行と光音を邪魔するほどの力を持った晴豊を抹殺しようとした銭才の意図は分かる。そして、死因は分からぬが、晴豊の大きな力を失った御所に薫子がいるなら、光行と光音が見つけ出すのに時はかからぬはず。居場所を突き止めれば、銭才に用なしとされ、命を奪われるのではないか。

不安に駆られた信平は、道謙に言う。

「師匠、安倍晴豊殿に勝るか、同等の力を持った者をご存じありませぬか」

道謙は渋い顔を横に振る。

「わしが知る限り、張り合えるのは加茂家の者のみじゃ。安倍晴豊は子がおらず、弟子がいるとも聞いておらぬが、念のため明日、法皇にお訊ねしてみる。期待せず、急ぎ加茂家の者を見つけ出せ」

「はは。ではこれより、捜しに出ます」

「戻ったばかりであろう。少し休め」

「いえ、晴豊殿を喪《うしな》った今、猶予はありませぬ」

「待て、まあ座れ」

立ち上がっていた信平は、応じて座りなおした。

道謙が目を見て問う。

「加茂家の二人を巻き込んだことを、後悔しておるのか」

信平は目を伏せ、うなずいた。

「頼らなければ、銭才に目を付けられることはなかったはずです」

「今となってはそう言えよう。じゃが、光行の気性を考えてみよ。たとえそなたが頼らずとも、京が乱れれば、あ奴は必ず動いていたはずじゃ。違うか」

信平は返事ができなかった。

道謙が見据えて言う。

「信平、気持ちは分かるが焦るな。そなたはともかく、家来たちを真夜中に出すのは危うい。禁裏を襲うた者は、夜襲を得手《えて》としておる。修行を重ねた信政ゆえに命を落とさずにすんだが、京の夜は暗い。無理をすれば死人が出るぞ」

「しかし、こうしているあいだも二人は苦しんでいるはずです。皆で動きますゆえ、これにて……」

「待て。御所は今、禁裏付が兵を増やして守っておる。急げと言うたが、焦れとは言うておらぬ。落ち着いて朝を待て」

道謙に厳しく言われ、信平は正座した。

「佐吉」

信平の声に応じて、外で控えていた佐吉が部屋の前で片膝をついた。

「夜明けに出る。皆をゆっくり休ませてくれ」

「はは」

佐吉が下がるのを見ていた道謙が、信平に言う。

「明日の朝は、わしが来るまで出ずに待っておれ」

「承知しました。御所までお送りします」

「よい。案じる気持ちは分かるが、少しでも眠れ。酷く疲れた顔をしておるぞ」

「光行殿と光音殿にくらべれば、これしきはなんでもありませぬ」

「言うことを聞け」

拒んだ道謙は、足早に出ていった。

表門まで見送った信平は、振り向かずに帰る道謙を見て考えた。信政を預けなければ、今も妻子と安寧《あんねい》に暮らしていたのではないかと思うと、胸が痛む。いざ戦いになれば、無双の剣技をもって相手を倒す道謙とて、勝てぬものがある。夜道を歩む後ろ姿に、いつになく老いを感じてしまった信平は、師匠の身体を心配しつつ、姿が見えなくなるまで立っていた。

背後に歩み寄った頼母が声をかけたのは、道謙が見えなくなった時だ。

「殿、夜食をお召し上がりください」

「うむ」

疲れを案じる頼母に従い、信平は中に入った。

房輔が戻ったのは、それから半刻のことだ。

頼母から知らせを受けて会いに行くと、房輔は着替えをすませたところで、信平を部屋に入れた。

向き合う信平に、房輔は問う。

「安倍晴豊殿のことは、道謙様から聞かれましたか」

「はい」

すると房輔は、渋い面持ちになった。

「麿は、晴豊殿が京に帰っていたのも、帝のおそばにいたことすらも聞かされておりませぬ。一条殿も知らなかったらしく、帝のお考えが分からぬと、嘆いておられました。今も、晴豊殿を手厚く供養せよとの勅命《ちょくめい》を受けましたが、帝がおわす御所には入れていただけませぬ。これでは、関白とは名ばかりだと笑われましょう」

珍しく感情を表に出して語った房輔だったが、冷静を取り戻し、信平に取り繕《つくろ》うように言う。

「麿のことなど、今はどうでもよい。それより信平殿、賊が禁裏御所を襲うたのは、晴豊殿を狙《ねろ》うての凶行でしょうか。まことの狙いが帝だったのならば、大変な事態です。助けに入られた道謙様は、それについて何かおっしゃいましたか」

「安倍晴豊殿が狙われたとしか聞いておりませぬ。敵の狙いは、連れ去った加茂家の二人が、術をもって薫子の行方を探り出そうとするのを邪魔していた晴豊殿を、排除することです」

房輔は息を呑んだ。

「そ、それは由々《ゆゆ》しきこと。晴豊殿の死は伏せるように命じられていますが、いつ知られるか分かりませぬ。急ぎ、加茂家の二人を助け出さねば、薫子が下御門の手に落ちてしまいますぞ」

「手を尽くし、必ず見つけます」

房輔の前から辞した信平は、部屋に戻って家来たちと明日回る場所の打ち合わせをし、身体を休めた。

暗い部屋で横になり、天井を見つめて考えるのは信政のことだ。鞍馬山で木刀を交えたのはずいぶん前だが、遣い手が揃う銭才の手下を相手に戦い、御所を守る姿が想像できぬ。

信政は、どれほど腕を上げているのか。

この目で確かめたいと思ういっぽうで、道謙の言葉から、信政が隠しごとをしているのを案じずにはいられなかった。

翌朝来た道謙は、浮かぬ顔をしていた。

「法皇におうかがいしたが、晴豊と同等の力を持つ者は思い当たらぬとおっしゃった」

「そうですか。では、一刻も早く加茂家のお二人を助け出します」

「待たせておきながらよい知らせができず、すまぬ」

「滅相《めっそう》もございません」

「わしは引き続き、密かに御所を守る」

「はは」

戻る道謙を門前で見送った信平は、その足で佐吉たちと手分けをして、加茂光行と光音を捜しに向かった。

堺町御門を出て町の通りを歩いていると、近づいてきた七、八歳の男児に足を止められた。少々、緊張した面持ちの男児は、信平を見上げて一片の紙を差し出す。受け取ると、男児はすぐさま走り去った。

誰の仕業かと思い通りを見回したが、怪しげな影はない。信平は紙を開いた。

南禅寺《なんぜんじ》にてお待ち申し上げる

博

名は一字のみだが、下川博道、すなわち肥前に違いない。

頼母が歩み寄る。

「殿、誰からですか」

信平は耳目《じもく》を気にして、紙を渡した。

牡丹村の話を佐吉から聞いている頼母が、険しい顔をして言う。

「それがしはまだ信じておりませぬ。お供をします」

「そなたの気持ちは分かるが、麿は、かの者が嘘を言うたようには思えぬ。会うのは慎重にせねばならぬ。ここは、一人でまいろう」

「罠かもしれませぬ」

「案ずるな。探索をしてくれ」

不安そうな頼母の腕を佐吉が引き、行くぞと言って信平に頭を下げた。

仕方なく応じ、頭を下げて行く頼母。

同じく頭を下げて離れる一京と新十郎を見送った信平は、別の通りへ歩みを進めた。

振り向いた佐吉は、鈴蔵にうなずく。

応じた鈴蔵が、信平から距離を空け、跡をつける者がいないか確かめながら付いていく。

それに気付かない信平ではないが、知らぬふりをして鴨川に架かる橋を渡り、寺町を抜けた。

跡をつける者がおらぬのを己でも確かめた信平は、やがて到着した南禅寺の正面の脇門から境内に足を踏み入れ、正門である三門《さんもん》を入って、法堂に向かって歩みを進めた。

今日は曇りだが、雨は降りそうになく蒸し暑い。

境内の木々も、暑さで枝が下がっているように見えたが、信平は、その中にある僅かな人の気配に足を止めた。

右手側に茂っている木々に目を向けると、かえでの枝を分けた肥前が顔を見せ、無言で顎を振ると、枝の奥に下がった。

木々を隔てた向こう側の道を法堂に行く肥前を見つつ、信平は正面から歩みを進める。

肥前は人目を避けて境内の奥へ行き、後ろに続いた信平は、南禅院近くの、人気がない場所で向き合った。緑に囲まれ、水が落ちる音がする。細い溝を流れるのは清らかな水。

木々の奥に見える建物の屋根に目を向ける信平に、肥前が言う。

「ここに加茂家の者がいると思うたか」

信平は肥前の目を見た。

「違うのか」

肥前は答えず右足を出し、三倉内匠助の鯉口を切る。その刹那、肥前の背後にある山の茂みから弓矢が放たれた。

迫る矢を隠し刀で切り飛ばした信平が、肥前を睨む。

肥前は真顔で太刀を抜いた。

「そなたの命運もここまでだ」

無言の気合をかけて袈裟懸けに打ち下ろされた太刀を、信平は飛びすさってかわし、さらに間合いを空ける。

肥前は逃がさず迫り、首を狙って一閃し、信平がかわすと振り上げて飛び、幹竹割《からたけわ》りに打ち下ろす。

その鋭い太刀筋は、牡丹村の時とは明らかに違う。

本気で斬りにきているとしか思えぬ肥前を見据えた信平は、狐丸で受け止めていた。

鍔《つば》競り合いとなったところで、どういうつもりか訊こうとしたが、肥前は押し離して己も下がり、間合いを空けて正眼に構えた。

信平は一歩下がったその刹那に身体を右に転じ、迫る矢を切り飛ばし、肥前に背を向けて走る。目の前の茂みから飛んで現れた曲者が、左右の手に忍び刀を下げて迫る。

無言の気合をかけて右手で斬り上げる一刀を信平が下がってかわすや、曲者は左手の刀で胸を狙って突く。

身体を横に転じてかわした信平は、狩衣の袖を振るって狐丸を一閃する。

背中を斬られた曲者であるが、鎖帷子《くさりかたびら》で致命傷はまぬかれ、呻きながらもふたたび襲いかかった。

放たれた矢を切り飛ばしたばかりの信平に対し、曲者は地を蹴って飛び、頭上から二刀を打ち下ろす。

信平は見もせず横に転じてかわし、着地した曲者の後頭部を一閃した。

鎖の防具を割られた曲者は、前のめりに倒れたものの息があり、打たれた頭を押さえてのたうち回った。

大勢の気配を茂みに感じ取った信平は、歩んでくる肥前を見据えながら下がり、門へ走った。

追って門から出た肥前は、足の速い信平をあきらめ、後ろに続いて出た甲斐の配下に怒りの顔を向けた。

「小四郎、なぜ手出しした」

小四郎は肥前に真顔を向け、無言で頭を下げる。

肥前は、疑いの目を向けた。

「さては、初めに射た矢は信平ではなく、おれを狙うたな。近江に殺せと言われたのか」

「とんでもない。肥前様を守るつもりで弓矢を構えておりましたが、信平に気付かれましたので、やむなく放ちました」

言いわけする小四郎を、肥前は容赦《ようしゃ》なく蹴った。

胸を蹴られて後方へ飛ばされた小四郎は、すぐに起き上がろうとした。その目の前に太刀の切っ先を向けられ、息を呑んだ。

「次に邪魔をしたら許さぬ」

「承知、いたしました」

太刀を引いた肥前は鞘に納め、小四郎を見据えて歩みを進める。

片膝をついて頭を下げた小四郎は、去っていく肥前の背中を睨んだ。

「ただの木偶《でく》のくせに、偉そうに」

そう罵《ののし》ると、肥前から離れて後ろに続く。


鴨川の近くまで戻った信平は、寺の門から入って身を隠し、一息ついた。痛む左腕を見ると、狩衣の袖に血がにじんでいる。肥前の攻撃で、浅い傷を負わされていたのだ。

ひとつ大きな息を吐いた信平は、狩衣の袖を裂いて血止めをしようとしたのだが、袖袋に何かあるのを見つけて取り出した。小さな結び文だ。

「いつの間に」

肥前に違いないと思い、解いて見る。

捜し人はおそらく南禅寺の近くにいる

急がねば禁裏が狙われる

そう書かれていた。

口で告げなかったのは、見張られていたからに違いない。

加茂光行と光音の居場所に繋がるのか。

あたりを見回した信平のもとへ、鈴蔵が駆け寄った。

「肥前殿は、手下と共に町のほうへ去られました」

信平は文を渡して言う。

「肥前はそれを渡すために、銭才の命に従ったふりをして麿を誘い出したようだ。光行殿と光音殿を助け出さねば、ふたたび禁裏が襲われるやもしれぬ」

文を見た鈴蔵は、神妙な顔で言う。

「南禅寺の周辺はすでに回っていますが、見落としがあったのでしょうか」

「光行殿が告げた清らかな水がある場所から、今は移動しているのかもしれぬ」

「確かに、おっしゃるとおりかもしれませぬ」

「麿はこれより、信政と会わねばならぬ。そなたは、もう一度当たってみてくれ」

「承知しました」

鈴蔵は信平の腕に目を止めた。

「殿、お怪我をされたのですか」

「かすり傷じゃ。それよりも、この文は罠かもしれぬゆえ、気付かれぬよう、くれぐれも用心を怠るな」

「はは」

肥前の文がまことならば、捜しているのを気付かれれば光行と光音の命が危ない。それゆえ、鈴蔵のみに託した信平は、橋を渡って鷹司家へ急いだ。

三

「肥前は、またしてもしくじりました」

戻った小四郎から報告を受けた甲斐は、厳しい目を向けて問う。

「見てどう思うた。奴は本気で、斬ろうとしていたか」

小四郎は真顔でうなずく。

「銭才様が奴の妹を使うてまで、木偶にしているのが納得できます。信平もかなりの遣い手ですが、まったく引けを取らぬ腕前です」

甲斐は鼻で笑った。

「そちにそこまで言わせるとはな。だが、信平の息の根を止めなければ、奴に明日はない。次の命令があるまで、引き続き奴から目を離すな」

「はは」

小四郎は頭を下げて出ていった。

一人残った甲斐は、愛刀をつかみ、抜いて刀身を顔の前に立てた。

先祖伝来の太刀は無銘ながらも、戦国の世から実戦を生き延びた名刀。その切れ味は、決して三倉内匠助に劣らぬ物。

たった四振《よふ》りのうちの一振りを持つ肥前に、嫉妬の念を抱いていた甲斐は、先祖伝来の太刀が勝っているのだと自分に言い聞かせるいっぽうで、禁裏御所で剣を交えた信政を頭に浮かべた。

宮中にはろくな遣い手がおらぬと油断し、愛刀を置いて行ったことを悔いていた甲斐は、刀身を見つめて言う。

「この太刀を持っておれば、あのような小僧に邪魔をされることはなかったのだ」

傷を負わされ、おめおめと逃げ戻ったことを銭才に知られ、近江を通じて叱責されたばかりだった甲斐は、次の命令では必ず功を立てると決めて勇んでいる。

「大願を果たしたあかつきには、我が一族がふたたび朝廷に返り咲き、日の光を浴びる。長年武家に奪われたままになっている領地を取り戻し、先祖の無念を晴らすのだ」

ことあるごとに、我が先祖は古の朝廷に名を連ねていたのだと豪語する甲斐は、己の身体に高貴な血が流れていると信じて疑わない。

新たな都がこの京にならずとも、朝廷に名を連ねて政に携わる日を夢にまで見る甲斐は、なんとしても薫子を見つけ出し、銭才のもとへ連れて行くのだと自分を鼓舞して立ち上がり、庭を横切って六角堂に向かった。

見張らせていた配下を下がらせ、木段を上がって中を見た甲斐は、相変わらず祭壇に向かう三人の後ろ姿に舌打ちをする。そして、そばに控える配下に苛立ちをぶつけた。

「まだ見つからぬとは、使えぬ奴どもだ」

すると配下が近づき、耳打ちした。

驚いた甲斐は、配下に見開いた目を向けた。すると配下は、間違いないという目顔で顎を引く。

甲斐はふたたび三人を見て、ほくそ笑んだ。

「命令があり次第動けるよう、皆に支度をさせておけ」

応じて下がる配下を横目に、甲斐は帳成雄たちに背中を向けてあぐらをかき、六角堂の警固をはじめた。


その夜、一条内房の手引きで禁裏御所へ入った信平は、右近の橘のそばで信政を待った。

薄雲に覆われ、淡い色に輝く半月を見上げる信平は、案内はしたものの気やすく話そうとしない内房に対して、無理に言葉をかけなかった。

沈黙の中で待つこと程なく、信政が走ってきた。

内房の呼び出しだとしか告げられていないせいで、信平に気付いた信政は驚いた顔をしたが、すぐさま嬉しそうな表情に変わって駆け寄った。

「父上、お久しぶりにございます」

「うむ。息災のようで安心した」

頭を下げた信政は、明るく問う。

「母上は、ご息災ですか」

「そなたを案じていたが、息災じゃ。賊のことは師匠から聞いた。修行を重ね、腕を上げたようだな」

「まだまだにございます」

謙遜する信政であったが、一瞬の動揺を見逃さぬ信平は、内房に向く。

「すまぬが、二人で話をさせてくだされ」

黙って見ていた内房は不服そうな顔をしたが、渋々応じて歩みを進めた。

内房が離れたところで、信平は率直に問う。

「そなたを訪ねたのは他でもない。帝のおそばに、薫子がいるのか」

「おりませぬ」

即答する信政は、信平を見ようとしない。

分かりやすいと思った信平だが、問い詰めず、陸奥山元藩を襲った悲劇を話して聞かせた。

下御門の陰謀によって城が焼け落ち、罪なき民の血が多く流れたと語っても、信政は下を向いて黙っている。

信平は、信政の心中を察して言う。

「帝の命に従うそなたの気持ちはよう分かる。だが、人を近づけられぬ以上、守りにも限界があろう。二度と、山元藩のように酷い戦があってはならぬのだ。そうさせぬためにも、下御門が挙げようとしている御旗を断たねばならぬ」

信政は、驚きを隠せぬ顔で問う。

「断つとは、この世から永遠に消し去るということですか。命を、奪うのですか」

「やはり、そばに薫子がいるのだな」

信政は失言を悔いた表情を一瞬見せ、顔を背けた。

「いえ、ただ訊いてみただけです」

必死に隠そうとするのは、帝の思し召しがあってのことであろう。

そう思う信平は、我が子の成長を頼もしく感じるいっぽうで、師、道謙にもしゃべらず、親にも言おうとしない頑なな心根を案じた。

光行と光音が敵の手中にある今、もしも薫子を隠しているなら見つかる可能性が高い。そうなれば、次は人を増やして奪いに来るはず。肥前に勝る者が兵を従えて襲ってくれば、いかに禁裏付が守っていても、中に入られるであろう。年老いた道謙と信政だけでは、止められぬ。

だが、薫子がいると決めてかかれば、信政が嘘を言っていなかった場合は傷つけることになる。

どうすべきか。

成長した信政を尊重してやりたいと思う信平は、悩むあまり次の言葉が出ない。すると信政が、戸惑ったように言う。

「父上、長居はできませぬ。他にご用がなければ、そろそろ」

「待て、まだ話は終わっておらぬ」

頭を下げて戻ろうとしていた信政が、困り顔で応じた。

信平が近づいて言う。

「今一度問う。薫子は中にいないのか」

信政は目を合わせようとしないが、

「おりませぬ」

きっぱりと答えた。

そんな信政の肩をつかんだ信平は、力を込めて言う。

「よいか信政。そなたの帝に対する忠義は見上げたものだ。しかし、道謙様のお年を考えろ。薫子を生かすも殺すも、そなた次第だ。今なら、薫子の命を助ける術はある。だが下御門の手に落ちれば、敵の象徴となる。そうなればいかに帝とて、救うことはできぬ」

信政が顔を向ける。

「父上は先ほど、御旗を断つとおっしゃいました。公儀が命を奪う意味ではありませぬか」

「そなたが申すとおり、公儀の中には薫子の命を取れという声があろう。だが帝がそれを望まれぬならば、公儀は無理なことはせぬはずじゃ」

信政は考える顔をして、程なく何か言おうとした。だが、思いとどまったように下を向く。

たとえ父親でも、帝の命に反することはできぬと葛藤する姿が見て取れる。

黙り込む信政に、信平は問う。

「薫子は、いるのだな」

顔を上げた信政は、唇を噛んでまた下を向き、はいと答えた。

信平がうなずく。

「よう教えてくれた。案ずるな、そなたが教えたことはこの胸に止めておく。じゃが信政、相手は手強い。そなた一人では守れぬと帝に申し上げ、禁裏の外だけではなく、中の守りも増やすよう、奏上いたせ」

信政は信平を見た。

「耳をかたむけてくださりましょうか」

「帝はそなたを見込んで、薫子のことを打ち明けられたのではないのか」

信政は首を横に振った。

「わたしが偶然、薫子殿の秘密を知ったのです。帝にお叱りを受け、命を奪われても仕方のないことでしたが、わたしを信じてくださいました」

「それで、これまで黙っていたのか」

「はい」

「御所で薫子の存在を知る者は何人いる」

「帝とわたしのみです」

信平は確かめるために訊く。

「師匠は」

「薄々感づいていらっしゃるようには見えましたが、わたしの口からはお教えしておりませぬ」

「光行殿と光音殿が銭才の手中にある限り、居場所をいつ知られるか分からぬ今となっては、隠さず師匠にお話しするのだ。そのほうが、より力になってくださる」

「分かりました」

信平は内房を見た。声が聞こえたらしく、内房は目を見張り、動揺を隠せぬ様子。

信平はひとつ息を吐き、信政に問う。

「何があって秘密を知った。薫子本人から聞いたのか」

信政は、裸を見てしまったとは言わず、無言でうなずいた。

知る由もない信平は言う。

「そうか。お許しいただいた帝の恩に報いたいそなたの気持ちはよう分かった。じゃが、三人だけではどうにもならぬ。兵をもっと増やすのを拒まれれば、そなたの素姓を明かすがよい。お許しがあれば父に頼み、共にお守りすると申し上げてみよ」

信政は言う。

「帝は、わたしの素姓をお見通しでした。そのうえで、父上に黙っていろとおっしゃったのです」

信平は驚いたが、安倍晴豊が導いたのだと考えれば、納得できる。そして信政に言う。

「それでも奏上するのだ。下御門を甘く見てはならぬ。安倍晴豊殿が亡くなった今、下御門の手に落ちた光行殿が光音殿のために術を使えば、どこにいても見つかるであろう。今申したことをそのままお伝えし、ふたたび御所が襲われると申し上げろ」

「分かりました」

「ここで待つ。急げ」

「はは」

信政は走って向かった。

内房が信平に近づき、驚きを隠せぬ様子で言う。

「信政殿の話は、まことですか」

信平が神妙な顔で言う。

「帝が、そなた様をはじめとする側近の方々を遠ざけられたわけがこれで分かりましたか」

深刻な顔でうなずく内房に、信平は続ける。

「薫子の存在は、決して外へ漏れてはなりませぬ。くれぐれも、他言せぬように」

「しかしながら信平殿、このままでは、禁裏御所が大変なことになります。敵の襲撃を受けて宮中全体が火に包まれるような事態になれば、薫子がいるのを知っていて黙っていたと、徳川殿に咎《とが》められますぞ」

確かに内房の言うとおりだ。宮中が戦の炎に包まれ、薫子が下御門の手に落ちれば、重い罰を受けることになろう。

信平は、心配そうに返答を待っている内房の目を見た。

「お気持ちはお察しします。されど、帝とてご承知のはず。それでも秘密にされ、信政をおそばに置かれるのは、薫子の存在を知られるのをもっとも恐れておられるからでしょう。これは麿の推察に過ぎませぬが、朝廷と公儀の知るところとなれば、必ず下御門に奪われてしまう。帝はそれをもっとも恐れていらっしゃるのではないかと」

内房は気付いたように目を見張った。

「まさか、安倍晴豊殿が帝にそう告げたとお考えか」

信平はうなずいた。

「同等の力を持つ加茂光行殿と光音殿も、先を見る力があります。麿も幾度か、助けてもらいました」

「わたしも、そのような力を信じる者です。朝廷か、あるいは公儀の中に、薫子の居場所を下御門に知らせる者がおる。信平殿は、そうおっしゃりたいのですか」

「陸奥の争乱を思えば、敵に通じている者がいると考えて用心すべきと思うたまで」

内房は探る目をした。

「わたしを、疑わぬのですか」

信平は微笑む。

「麿は信じています」

笑った内房は、すぐ真顔になった。

「ご安心を。この胸のうちに止め、可愛がっている犬にさえも言いませぬ」

冗談を言う内房に信平は笑みを浮かべ、改めて問う。

「下御門に味方をしそうな公家に、心当たりはありますか」

すると内房は、横を向いて顎に手をやり、考える面持ちをしている。そして、ひとつ息を吐いて言う。

「鷹司家の血を引かれる信平殿には、正直に申しましょう。今の問いには、徳川によって宮中の要職から外されている者すべてが当てはまります。公家の中には、長らく武家に奪われている天下の政を取り戻したいと願う者が多いのです」

「下御門による挙兵があれば、そちらに向かうということですか」

「そこまでは申しませぬ。ただ、公家とは名ばかりで、食うに困る家は少なくありませぬから、強い想いは鎌倉幕府までさかのぼり、武家に奪われたままになっている公家の領地を取り戻したいと願う者がいても、驚くことではありませぬ」

「その者たちにとって下御門は、御家の未来を託せる存在だとおっしゃりたいのですか」

内房は肯定も否定もせず、空を見上げた。

「わたしは、常々思うことがあります。帝と将軍、公家と武家は、表だって対立はしておりませぬが、下御門のような大望を抱く者が公家に現れれば、古の公家のように、武家を従わせたいと考える者が出てくるかもしれませぬ。確かなのは、世の安寧を願われていらっしゃる帝のおこころを知る公家の者は、考えても行動に出ぬことです。その点では、下御門は読み違えているかもしれませぬ。恐れるべきは、力が衰えている公家ではなく、公家を利用して家格を上げようとたくらむ、徳川殿に蔑《さげす》まれている武家ではないでしょうか」

内房は世をよく見ていると思う信平は、率直に問う。

「京で怪しい動きをする武家を、ご存じですか」

「信平殿、今は薫子に注力すべきです。武家のことは、徳川殿におまかせなさい。譜代大名よりも外様《とざま》大名が疑われましょうが、外様は井田家のように大藩が多いのですから」

根が深いのだと察した信平は、内房から、迂闊に動けば身を滅ぼすとも言われ、それ以上は踏み込まなかった。井田家の陰謀を潰した赤蝮の存在も、頭に浮かんだからだ。

信政が走って戻ってきた。内房に軽く頭を下げ、信平に言う。

「帝が、急ぎ加茂家の者を助けよとおっしゃいました」

内房が驚き、信平を見る。

信平は信政の目を見て問う。

「警固については、なんと仰せだ」

「無用とおっしゃいました」

「そうか……」

「帝は頑固なのだ」

そう言って苛立つ内房に、信政が言う。

「薫子殿のことは、やはり伏せてほしいそうです。父上、薫子殿は、わたしが必ず師匠とお守りします」

信平が返事をする前に、内房が言う。

「信平殿、ここは信政殿にまかせ、一刻も早く加茂家の者をお助けください。薫子の居場所を突き止められ、御所が襲われる事変があってはなりませぬ」

帝に拒まれたからには、中にとどまれぬ。

信平はあきらめ、信政に言う。

「師匠は、すでに入られているのか」

「わたしの部屋におられます」

安堵した信平は、信政の肩をつかんだ。

「師匠には、すべて打ち明けろ。黙っていたわけを正直に話せば、分かってくださる」

信政は戸惑う顔を一瞬見せたが、うなずいた。

「分かりました。戻ってお話しします」

「それでよい。御所が襲われぬよう励むと、お伝えしてくれ」

「はは」

「ゆけ」

信政は頭を下げ、走って戻った。

見送った信平は内房と向き合い、下御門と銭才が同一人物か分からないのだと言おうとした。だが内房が先に言う。

「わたしは帝のおそばにおる身ゆえ、何かと妬まれます。徳川の天下である今の世は、朝廷といえどもできることは限られている。その狭い中でも権力争いがあり、油断すると足をすくわれるのです。先ほども申しましたが、禁裏付に目を付けられ、徳川に京を追われた下御門のような者は他にもおります。田舎に引っ込んで静かにしているように思えても、返り咲く日を夢見て、虎視眈々《こしたんたん》と機をうかがう者は大勢いるのです。その者たちにとって下御門と薫子は、望みを叶えてくれる存在でしょう。信平殿とお話しして気付いたのですが、帝が薫子をおそばに置かれるのは、息を潜めている公家たちを立たせぬためかと」

「おっしゃるとおり、下御門の狙いは、自身の孫である薫子を女帝として世に知らしめ、打倒徳川を狙う公家と武家を集めること。その力をもって、天下を我が物にしようとしているのです」

内房は首を横に振った。

「想像しただけでも恐ろしい。下御門は、京を焼き払うつもりでしょうか」

「そうさせぬためにも、まずは敵の目となっている光行殿と光音殿を取り戻さねばならぬ。帝はさようにお考えなのでしょう」

内房は焦りをにじませて言う。

「人が足りぬなら、遠慮なくおっしゃってください。京に詳しい家の者に探索を手伝わせます」

礼を言った信平は、内房としばし語らいながら過ごした後に門から出た。内房は、待っていた従者と共に家路についた。

信平は、御所の守りがどうなっているのか気になり、回ってみるべく夜道を歩む。賊が御所に侵入したばかりのため、禁裏の各門を守る兵は緊張した面持ちで持ち場に立っている。人も常より三倍ほどに増やされ、松明を持った見回りの一隊が、信平の横を通り過ぎてゆく。

禁裏を囲む道は篝火《かがりび》で明るく、夜空をも赤く染めているように見える。

帝はこの物々しさを嫌われ、兵を中に入れるのを拒まれたのだろうか。

この守りならば、破って忍び込むのは難しいかもしれぬと思う信平は、ひとまず立ち去り、鷹司家に帰った。

鷹司家の者に気をつかわせぬよう、裏から自室に入ると、帰りが遅い信平を案じていた佐吉たちが集まり、正面に座した頼母が身を乗り出す。

「殿、何があったのですか」

「一条殿と長話をした後、御所の警固を見て回っていた」

薫子の存在は、師と父にも隠していた信政に倣い、信頼する家来たちにも言わぬと決めていた。

勘が鋭い頼母は、納得できぬ様子で訊く。

「まことに、それだけですか」

「それだけじゃ。禁裏付の守りは固く、安堵いたした」

「さようですか。若君とは、お会いになられましたか」

「うむ。息災であった」

「それは何より」

信平は話題を変えるために、佐吉に顔を向けた。

「鈴蔵の姿がないが、まだ戻らぬのか」

佐吉はうなずく。

「気になりますので、これより見に行きとうございます」

「いや、朝まで待て。肥前の文がまことならば、目に付かぬほうがよい」

「はは」

信平は、じっと見ている頼母に目を向け、内房と語り合った薫子以外の、公家の事情を教えた。

それでようやく納得した頼母は、信平に言う。

「鈴蔵が加茂家のお二人の居場所を突き止めて戻り次第出られるよう、支度を整えておきます」

「頼む」

「歩かれて空腹でございましょう。夜食をご用意いたします」

「よい。腹はすいておらぬ」

「では、お茶をお持ちします」

頼母が、控えている新十郎に支度を命じた。

信平は皆を下がらせ、一人になって考えをめぐらせた。銭才は、禁裏に薫子がいると知れば、どのような手を使ってでも奪いにくるはず。大勢の兵を動かせば、京を守る徳川方がいち早く気付いて迎え撃つだろうが、御所に夜襲をかけた者どもがふたたび動けば、守りを破って中に入る恐れがある。

帝はむろん、師匠と信政を案じる信平は、もっと人を増やし、侵入は困難と知らしめるべきと思ったが、ここにいたってようやく、帝の意図が分かった気がした。

あえて中の守りを手薄にするのは、薫子が禁裏におらぬと思わせるためではないか。

そう考えた信平は、師、道謙がいるので心配ないと思ういっぽうで、光行と光音の力を信じるだけに、憂いが増すばかりだった。

四

祭壇に灯していた二本の蠟燭の火が大きくなり、程なく消えた。

灯明は部屋の中央に置かれている燭台だけとなり、天井近くにある小窓から入る月明かりのほうが明るく感じる。そんな六角堂の中は、光行が呪を唱える声のみがしている。

祭壇に向かって座している光音がゆっくりと瞼を開け、右横にいる光行に顔を向けた。

光行は気付いたものの、唯一の戸口を守っている甲斐の目を気にして孫娘を見ることもできず、皇女薫子の影を求め続けた。

ふたたび祭壇に向いた光音は、虚ろな目で消えた蠟燭を見つめている。己を失っているだけに自分から食べ物を口にしようとはせず、光行が粥《かゆ》と水を飲ませて命を繋いでいる。

そんな光音の背後に、外から戻った帳成雄が座した。数日で痩《や》せ細った背中に手の平を当て、何やら呪を唱える。そして、光音から何かを読み取ったのか、満足したような顔を光行に向けた。

「光音は実に優れておられる。禁裏に増やされた兵の動きが、己の目で見ているようでした」

安倍晴豊がこの世を去った事実を知らぬ光行は、霧が晴れた宮中を秘術にて探り、薫子の影を捜していたのだが、帳成雄の言葉を受けて呪を唱えるのをやめ、鼻先で笑った。

「当然じゃ。わしの孫ゆえな」

帳成雄は笑みを消し、光行を睨んだ。

「嫌味を真に受けるとは愚かな。いったいいつになったら、薫子を見つけるのです。我らも、長くここにおるわけにはいきませぬ。役立たずには、死、あるのみですぞ」

光行は顔をしかめた。

「今やっておるではないか」

帳成雄はため息をつき、下を向いた。

「どうやら、わたしが甘すぎたようです。見つかるまで、水も食事も与えませぬ。役立たずは、生きる価値がないですからね」

「待て、孫だけは助けてくれ」

「それでは、あなたが力を発揮できないでしょう。さあ早く！」

怒鳴られた光行は、光音を案じて祭壇に向いた。

呪を唱えはじめた光行は、次第に声音を大きくし、全身に力を込めて尻を浮かせ、大音声の雄叫《おたけ》びをあげた。

正気を失ったような態度に、甲斐はいぶかしげな顔をしている。

光音は一点を見つめ、光行を心配する様子もないのだが、光行と力を合わせるように、呪を唱えはじめた。

帳成雄のみが、鋭い眼差しで光行を見ている。

すると光行は、ふたたび呪を唱える声を高め、何かが憑依《ひょうい》したように激しく身体を上下させると、また雄叫びをあげた。

五

「ほら、また」

気味の悪そうな顔で夜空を示すのは、商家の別宅に住み込み働きをする若い下男だ。

「今はいつもより激しいですが、朝から晩まで、お経か祝詞か知りませんが、とにかく声が止みませんから、旦那様のお妾《めかけ》さんが気味悪がって、出ていかれました。おかげで、わたしたちは仕事を失いそうなのです。迷惑な話ですよ」

眉尻を下げて困り果てた様子の下男の前にいるのは、町の役人に扮《ふん》した鈴蔵だ。南禅寺の周辺を探っているうちに、不気味な場所があるとの声を多く集め、裏手にある商家の別宅に探りを入れに来たのだ。

夜回りをしている体《てい》で木戸をたたいていた鈴蔵は、出てきた下男に、困ったことはないかと声をかけた。

すると、役人だと信じ込んだ下男は、数日前からの様子をつぶさに話した。

「樫の大木で建物は見えないのですが、隣の隣に暮らす小者の話では、六角堂があるそうです」

「寺の者が、中で経でもあげているのか」

「お経かどうか、わたしにはよく聞き取れないのですが、なんでも小者が申しますには、人相の悪い連中が出入りしているとか。まあでも、寺の中のことですから、気味が悪くてもみんな我慢していますが、うちのお妾さんは辛抱《しんぼう》というのが大の苦手で、夜も昼も寝られない不満に気味悪さが重なって、さっさと出ていかれました」

鈴蔵は夜空を見上げた。樫の大木の影が、別宅の屋根の向こうに見える。

「近いようだな」

「ええ、樫の大木とは、薄い塀で隔てているだけですから」

「中に入れてくれないか。どんな様子か見てみよう」

「塀は薄いですが高いので、見えませんよ」

「そうか。もうひとつ訊くが、その寺には、清らかな水場があるのか」

下男はうなずいた。

「池がございますよ。この水路も、その池から流れています」

ちょうちんの明かりを近づけて見ると、涼しげな水の音がする幅広の水路で、緋鯉《ひごい》が泳いでいた。

「水が、何か？」

不思議そうに訊く下男に、鈴蔵は笑みを向ける。

「不気味だと多くの声が寄せられている場所を確かめるために、訊いただけだ。どうやら、別の場所のようだな」

「ええ！　裏の寺のことじゃないんですか？　さっきの声を聞かれたでしょう」

「あれは僧たちが修行をしている声だ。おれが頼まれたのは、男女が呻くような、もっと不気味な声のことだ。とんだ手間を取らせてしまったようだ。これは、迷惑料だ」

今はいらぬ勘ぐりをさせぬためにそう言っておき、酒手をにぎらせた鈴蔵は、足早に立ち去る。下男が木戸を閉めると立ち止まり、あたりを見回してちょうちんを吹き消し、目の前の板塀を軽々と越えて中に入った。

周辺の屋敷や別宅に暮らしている小者たちから声を集めた鈴蔵は、樫の木のそばにある六角堂に狙いを定めた。

信平に知らせる前に、自分の目で確かめようと暗い庭に潜み、先ほどの下男の動向を探る。酒手をもらった下男は上機嫌な様子で離れに入り、外障子が開けっぱなしの部屋でくつろいだ。妾が出ていったせいか、他に人がいる気配はない。

鈴蔵は暗がりから出て、音もなく敷地を歩んで塀まで行き、樫の木を見上げた。不気味な雄叫びがまた聞こえてきた。苦しんでいるようにも聞こえる声に急《せ》き立てられるように、鈴蔵は塀に上がり、向こう側に消えた。

六

部屋に敷いた布団で仰向けになっていた信政は、横向きになり、やけに明るい外障子を見つめた。一睡もできなかったが、頭は冴えている。背後に道謙が起きる気配を察して身を起こした信政は、正座して頭を下げた。

「おはようございます」

「うむ。よう寝た」

あくびをした道謙は、信政を見て言う。

「何ごともなく朝を迎えられてよかったの」

「はい」

「じゃが、油断は禁物じゃ。少しは眠らぬと、いざという時身体が動かぬぞ」

信政は恐縮した。

「眠りの邪魔をしてしまいましたか」

「よう寝たと言うたであろう。その顔を見れば分かる」

道謙は顔を洗いに行くと言って外へ出た。

信政は手拭いを持って後ろに続き、水を使う道謙を待って差し出す。

顔を拭きながら道謙が言う。

「信政、眠れぬ理由は、昨夜話してくれたあの者のことか」

薫子の存在を打ち明け、黙っていたのを詫びていた信政は、人の耳目を気にしてあたりを見回した。

「案ずるな、気配はない」

道謙はそう言うと振り向き、手拭いを肩にかけて目を見た。

「あの者に、特別な感情を抱いておるのか」

信政は、返答に困った。

「特別とは、どういう意味でしょうか」

すると道謙は、信政の胸を人差し指で突いた。

「ここに問うてみよ。そなたが母を慈しむ気持ちとは違う想いが、胸を締め付けてはおらぬか」

「締め付け、ですか」

考える信政に、道謙は笑った。

「どうやら、まだ早かったようじゃの」

戻る道謙に、信政は顔を洗うのを忘れて追いすがる。

「師匠、意味が分かりませぬ」

「ふっふっふ、いずれ分かる時が来る」

笑って教えぬ道謙の背中を見て立ち止まった信政は、首をかしげて水場に戻り、指の感触が残る胸を見下ろして手を当てた。

薫子を心配する気持ちしかないと思う信政は、道謙が何を言いたかったのか理解できず、顔を洗った。

廊下を戻っている時、部屋から女の笑い声がした。何かと思い歩みを早めると、女官の定蔵東子が道謙と話して笑っていたのだが、信政を見た途端に笑みを消し、真面目な顔で言う。

「信政殿、朝餉をお持ちしましたから、終わり次第御所のお役目を頼みます」

いとも容易《たやす》く態度を変える東子に、道謙は驚いた顔をしている。

信政は承知し、東子が出ていくのを待って道謙の前に座した。道謙の前に置かれている膳から器を取り、飯をよそって渡した時、道謙が薄笑いを浮かべているのに気付いて目を見た。

「東子殿があのように笑われるのを初めて見ました。師匠は、どうやって笑わせたのですか」

「年寄りの冗談に合わせただけであろう。あの者は、帝がおそばに置かれるだけあり、わしのことを探りにかかった」

信政は驚いた。

「帝は、わたしの素姓を明かさぬようにとの仰せでしたが、師匠は、なんとお答えに」

「案ずるな。帝の遠縁じゃと濁しておいた。信じたかどうかは別として、あの者は、そなたを案じておる。また物騒な輩が来るのを恐れておったゆえ、なんならわしと駆け落ちをするかと言うたのじゃ」

東子なら怒りそうな冗談だが、それを笑わせるのは、道謙の人柄がなせる業だと信政は思うのだった。

「師匠」

「うむ」

「東子殿は、薫子殿に気付いておられると思いますか」

「あの者は、長らく帝にお仕えし、信頼を得ておるようじゃな」

「そのように聞いています」

「じゃが、帝はあの者をはじめ、側近の誰にも知られぬようにしておられた。見たところ、あのおなごは勘働きに優れておる。そなたが東子殿の立場なら、薫子の存在に気付いた時いかがする」

信政は即答する。

「帝からお教えいただくまで、知らぬふりをします」

目を細めてうなずく道謙を見て、信政ははっとした。

「まことに、気付いておられましょうか」

「読めぬが、何ゆえ気にする」

「知っておられるなら、より動きやすいと思うたのです」

「わしも知らぬふりをするのじゃ。帝が御自ら告げられるまで、黙っておれ」

道謙に従った信政は、急いで朝餉をすませ、膳を下げた。その足で御所に渡り、一人で掃除をはじめたものの、奥に通じる木戸が気になった。薫子は中にいるはずだが、まったく出てこない。二人分の食事を支度する東子は、弘親が帝と共に、奥に隠れていると思っているのだろうか。

訊けば怪しまれるとも思う信政は、別の場所を掃除するため離れようとした。

「信政はそこにおるか」

奥からした帝の声に立ち止まり、木戸に近づく。

「おりまする」

「一人じゃな」

「はい」

しばしの沈黙ののち、帝が言う。

「信平に、薫子のことを教えたか」

返答に窮《きゆう》した信政の額から、冷や汗が流れた。

「答えずとも察しはつく。他には、誰に知られた」

信政は木戸の前で平伏した。

「一条殿と、我が師道謙様です」

「さようか」

「申しわけありませぬ」

額を床に付けていると、木戸が開いた。

「信政、面を上げよ」

合わせる顔がない信政は、額を床に当てたまま動けなかった。すると帝の手が背中に触れ、驚いた信政は下がって平伏した。

「よいのだ信政。そなたが話してくれたおかげで、信平は、より力になってくれよう。また、道謙がそばにいてくれるなら、朕は千人力を得た気持ちじゃ。一条とて、朕が用心に用心を重ねて告げなかっただけのこと。一条ならば、他に伝わる恐れはない」

「わたしのような者へのお気遣い、痛み入りまする」

「これ、その言い方はよさぬか。朕はそなたを頼りに思うておるのじゃ。薫子のことは案ずるな。奥で息災にしておる」

「はは」

「下御門は、決してあきらめまい。ふたたび賊が襲い来ると決めて、ゆめゆめ油断せぬように。頼むぞ」

「励みまする」

木戸が閉められ、足音が遠ざかった。

薫子の今を知って安堵した信政は、天を仰いで息を吐き、緊張の汗を拭った。

七

鈴蔵が信平の元に戻ったのは、朝餉をすませた頃だった。寝所として使っている部屋にいた信平は近くに寄らせ、二人で向き合って座した。

鈴蔵が頭を下げ、険しい面持ちで言う。

「肥前殿が申されたとおり、南禅寺に近い謙明寺《けんみょうじ》の境内にある六角堂に、お二人が軟禁されていると思われます」

「確かではないのか」

「中を調べようとしましたが、戸口がひとつしかない上に守りが堅く、お姿を直《じか》に見ておりませぬ。ですが、呪を唱える声が聞こえる他に、雄叫びや、苦しそうな声もしています」

信平は二人の身を案じた。

「今すぐ行けるか」

「そう思い知らせに戻ろうとしたのですが、夜明けと同時に、警固がより厳重になりました。明るい時に行けば見つかりやすく、お二人の命が危ぶまれます」

「探っているのを知られて、人を増やしたとは考えられぬか」

「周囲を探る様子はございませぬ。昼間は寺の参詣者が多いと聞いていますから、六角堂に近づけさせぬようにしていると思われます」

「では、寺の者も銭才に味方しているのか」

「そこは分かりませぬが、夜ならば、裏から忍び込める場所がございます」

一刻も早く助けに行きたいところだが、二人がいると思しき六角堂の造りを考えると、明るいうちは見つかりやすく、攻め難《にく》い。

信平は佐吉たち家来を部屋に呼んだ。

すぐに集まった皆を前に、夜を待って助けに行くと告げ、頼母には、一京と鈴蔵と共に参詣者に成りすまし、寺の様子を探るよう命じた。

町人に化けて出かけた頼母が一人で戻ったのは、昼を過ぎてからだ。

信平の前に紙を広げた頼母は、筆で境内の絵図を書いた。

豊臣秀吉《とよとみひでよし》の世に建立されたという寺の境内は広く、宿坊《しゅくぼう》から望める庭には、清らかな水が湧き出る池があり、その対岸の森に、例の六角堂があった。周囲を庭木や樫の大木で囲まれ、参詣者からは屋根しか見えぬようにしてある。

建立したのは、檀家《だんか》の豪商だという。

縷々《るる》と述べながら絵図を書き終えた頼母が、厳しい面持ちの顔を上げて報告を続ける。

「六角堂は、その豪商の一族を供養するために、多額のお布施と共に建立されたのですが、数年後に家が没落し、一年前に、武家が一族の納骨堂にしたいと申し出て、買い取ったそうです。今は一族の法要をしているらしく、鈴蔵が聞いた呪を唱える声は、それではないかということでした」

「では、寺は深く関わっておらぬということか」

信平の問いに、頼母はうなずいた。

「怪しいな」

佐吉が言うと、頼母は信平に言う。

「それがしもそう思い、檀家の者に確かめましたところ、法要と称して何をしているか分からぬという噂《うわさ》が立ち、寺の者も、売ったことを後悔しているそうです」

「では、寺社方が調べに入る日も近かろう。その六角堂に光行殿と光音殿が囚《とら》われているなら、やはり急がねばならぬ」

そこへ、一京が戻ってきた。

町人の身なりをすると、一京はまったく武家の影が薄れ、商家の若旦那そのものだ。その一京が、勇み気味に言う。

「六角堂から人が去り、手薄になりました」

　頼母が信平に言う。

「まさか、薫子の居場所が分かったのでしょうか」

「だとすると、二人の命が危ない」

　信平が案じて言うと、一京が答えた。

「鈴蔵殿が探られましたところ、まだ呪を唱える声は続いており、その声は光音殿に似ているそうです」

「殿、間違いないかと」

　佐吉に言われて、信平は皆に言う。

「手薄となった今を逃す手はない。ただちにまいろう。一京、鈴蔵はどこにおる」

「殿がそうおっしゃると申され、忍び込む場所で待たれています。ご案内します」

「うむ」

　信平は狐丸を手に、皆を連れて鷹司家を出た。見張りを警戒して一旦逆の方角へ向かい、町中を大回りして急いだ先は、鈴蔵が待つ商家の別宅だ。

　謙明寺の裏手に行くと、通りに鈴蔵が立っていた。別宅と思しき建物が多い道は人気がないだけに、油断は禁物。

信平はあたりを警戒しつつ、鈴蔵の招きに応じて木戸から入った。

鈴蔵が言う。

「家の者には話を着け、母屋に入らせています」

寺の不満を漏らしていた下男は、町役人に扮している鈴蔵の、六角堂を調べるため庭を使わせてくれという申し出に快諾していたのだ。

母屋から庭を見ていた下男は、青草色の狩衣姿の信平を見て、尋常でないと思ったのだろう。目を丸くしている。

鈴蔵が塀にかけていた梯子《はしご》を使って寺の敷地に入った信平は、樫の大木に向かって走り、幹に隠れて様子を探る。

六角堂周囲の見張りは、知らせどおり二人。静かだ。

枝で陽光が遮られて薄暗い中、鈴蔵は落ち葉を踏まぬよう見張りの背後に忍び寄り、口を塞いで引き倒した。

気付いたもう一人が刀を抜こうとしたところへ信平が迫り、手刀で首を打って気絶させた。

鮮やかな手並みに、一京と新十郎は驚いている。

佐吉が、行くぞ、と言って走る。

見張りを倒した信平は、六角堂の表に回り、戸口を守っていた二人に迫る。

目を見張った二人が刀に手をかけたところへ飛び込んだ信平は、拳で鳩尾《みぞおち》を突いて一人倒し、もう一人は、鈴蔵が昏倒させた。

佐吉が戸を開ける。

中に入った信平は、振り向いて驚く光行と目が合い、異変を察知した。祭壇がある部屋に光音はいない。

猿ぐつわを嚙まされて縛られている光行が、必死に何か訴えようとしている。

「今助けますぞ」

佐吉が言い、戒《いまし》めを解いてやると、光行が猿ぐつわを外して叫んだ。

「罠じゃ！」

声と同時に唯一の戸が閉められ、一京と新十郎が開けようとしたがびくともしない。閉じ込められてしまったのだ。

光行が言う。

「帳成雄の仕業じゃ。そなたがここに来るのを、早くから見ておったのじゃ」

鈴蔵が信平に近づく。

「殿、不覚を取りました。申しわけありませぬ」

それを聞いて光行が言う。

「違う。そうではない。帳成雄は、信平殿がここを必ず突き止めると踏んで、備えておったのじゃ」

「肥前に騙されたのでは」

頼母が言った時、不気味な笑い声が上からしてきた。

信平が見ると、高窓が開けられ、年配の男が顔を見せた。

光行が教える。

「奴が帳成雄じゃ」

帳成雄は勝ち誇ったような笑みを浮かべ、信平に言う。

「銭才様が殺せと命じられるだけあり、なかなかによい面構えをしておられる。しかしながら信平殿、いかにそなた様とて、わたしの力には遠く及びませぬ。これまでのご活躍は、ただ運がよかったのみ。ですがその命運も、今この場で尽きました。我らの邪魔をしたことを、たっぷりと悔やませてさしあげましょう」

「光音殿はどこにおる」

問う信平に、帳成雄はほくそ笑むだけで答えない。

光行が続いて言う。

「孫娘では、薫子は見つけられぬぞ。わしが必ず見つける。もう離してやってくれ。頼む」

帳成雄はひとしきり笑い、とぼけたように言う。

「今さら言ったところで、もう遅い」

光行は目を見張った。

「孫を離せ」

帳成雄は真顔になった。

「わけの分からぬ呪を唱えるあなたより、光音のほうがよほど役に立つのです。光音はまだ若い。わたしの弟子にして、鍛えてやります」

「やめろ。光音はわしの宝じゃ。悪の道に引きずり込むな」

「天下を手にすれば、我らが善になるのです。信平殿、徳川が倒されるのを地獄で見ていなさい」

帳成雄が高窓を閉めて程なく、六角堂に火がかけられた。

周囲に火が回るのを見ていた帳成雄は、無表情で立っている光音の手を引き、警固の三人を連れて立ち去ろうとした。

背後を守っていた一人が断末魔の悲鳴をあげたのは、その時だ。

驚いて振り向く帳成雄の目の前に現れたのは、肥前だ。

帳成雄が息を吞み、前に出た警固の二人が抜刀して、肥前に斬りかかった。

袈裟懸けの一撃を右手ににぎる太刀で弾き上げた肥前は、返す刀で斬り伏せる。

「おのれ！」

叫んで左から斬りかかったもう一人の刀をかわし、振り向きざまに幹竹割りで額を割った。

目を見張って下がる帳成雄を睨んだ肥前は、太刀を右手に下げて迫る。

「まま、待て、斬るな」

震える手の平を向けて懇願する帳成雄は、光音を離そうとしない。

肥前は太刀の切っ先を向けて言う。

「信平を死なせるわけにはいかぬ。銭才の居場所を教えよ。正直に申せば命までは取らぬ」

「わたしは知らぬ」

「噓を申せ！」

「ほんとうだ」

逃げ道を塞がれた帳成雄は、光音を盾にして、火に包まれようとしている六角堂側に下がった。

唯一の板戸が、弾けるように飛んだ。

佐吉が怪力をもって打ち破った戸口から出た信平が、愕然《がくぜん》とする帳成雄に一足飛びに迫り、狐丸を抜いた。

光音の背中を押して信平への盾にした帳成雄は、六角堂の裏に走った。

肥前が追い、帳成雄の背中を峰打ちした。声もなくうつ伏せに悶絶《もんぜつ》した帳成雄を見下ろした肥前は、信平に歩み寄る。

「おかげで助かった」

そう言った信平に、肥前はうなずく。

信平は、倒れている光音を抱き上げ、頼母に火を消すよう命じて寺の建物に向かった。

火に気付いた寺の者たちが騒ぎ、消火に走っていく。

その者たちと逆行した信平は、廊下に出ていた住持《じゅうじ》と思しき者に助けを求めた。

「ここをお使いください」

畳敷きの部屋を示され、信平は上がって光音を横にさせた。

追ってきた光行が、気を失っている光音を抱き起こし、目をさまさせようと声をかけた。

光音は程なく目を開けたものの、光行を見ようとしない。

「だめじゃ。まだ帳成雄の術が効いておる」

悔しそうに言う光行に応じて、信平は廊下に出た。縄で縛った帳成雄を担いできた佐吉に言う。

「その者を起こせ」

「はは」

佐吉は帳成雄を軽々と扱って地べたに座らせ、背中に活を入れた。

意識を取り戻した帳成雄が、目の前で太刀を振り上げる肥前に目を見張って叫んだ。

「やめてくれ！」

佐吉が肩をつかみ、力を込めて言う。

「殺されたくなければ、光音殿を正気に戻せ」

「戻す。戻します」

縄を解いてやると、帳成雄は這って廊下に上がり、信平と光行が見ている目の前で光音の額に手を当て、目をつむって呪を唱えた。

「えい！」

気合をかけ、手に力を込めたところで、光音は糸が切れたように脱力し、受け止めた信平の腕の中で意識を失った。

「光音！」

動転して叫んだ光行に、信平が言う。

「気を失っただけです」

すると光行は安堵し、帳成雄を睨んだ。

「孫に何をした」

帳成雄は人が変わったように怯えて下がり、何度も頭を横に振る。

「目がさめれば、元に戻っています」

帳成雄の襟首をつかんだ肥前が、庭に引きずり降ろして太刀を向けた。

「嘘じゃない。今に分かる」

怯え切っている帳成雄が言うとおり、程なく意識を取り戻した光音は、信平の腕の中にいることに驚き、光行を見た。

「お爺様……」

「光音、わしが分かるか。分かるのか」

四つん這いになって問う光行に、光音は微笑んでうなずいた。

「助けに来てくださったのですね。どうなるかと思いました」

「昨日じゃと。そうか、攫われた後のことを覚えておらぬのだな」

信平から離れて頭を下げた光音は、庭の帳成雄を指差した。

「あの者に煙を吸わされたのは覚えていますが、後のことは何も」

「まあよい。戻ったのじゃから何も気にするな。腹が減っておろう」

光音は首を横に振り、喉の渇きを訴えた。

孫娘を可愛がる光行を見ていた肥前は、帳成雄の肩に太刀を当てて言う。

「お絹の居場所を言え。あの者のように、正気に戻すのだ」

すると帳成雄は、引きつった顔を上げた。

「わたしは、そなたの妹に術をかけておらぬ」

「嘘を申すな！」

太刀を振り上げる肥前に、帳成雄は必死に言う。

「嘘ではない。妹は、正気を失《うしの》うておるのじゃ。生涯治らぬ」

「治らぬだと……」

目を見張った肥前は、たった一人の妹を想うあまり歯を食いしばり、怒りに満ちた顔をした。

「肥前やめよ！」

信平が止めるのも聞かぬ肥前は、太刀を打ち下ろした。

呻き声もなく地べたに崩れる骸《むくろ》を見せまいと、信平は咄嗟に、光音を抱いて目を遮っていた。

その腕の中で、光音の身体からふたたび力が抜けた。気を失った身体を仰向けにさせると、驚いた光行が言う。

「帳成雄を斬った途端に気を失ったのか」

「少し間があったように思います」

信平が答えると、光行は光音の顔を覗き込み、額に手を当てた。

「分からぬ。どうなっておる」

焦る光行は、頰をさすって声をかけた。すると、程なく光音は眉間に皺を寄せて呻き、瞼を開いた。

「おお、気が付いたか」

安堵して言う光行だったが、光音を見て絶句した。

光音が瞳に妖しい光を宿し、にたりと笑ってまたも気を失ったからだ。

「これは、佐間一族の術じゃ。わしとしたことが、これまで見抜けなかった」

そう言った光行が、骸となった帳成雄を見て、渋い顔で信平に告げる。

「わしは騙されていた。帳成雄の奴も、佐間一族の技で操られていたかもしれぬぞ」

信平は、倒れている帳成雄を見た。

「肥前を恐れていたにもかかわらず、怒らせる言葉を吐いたのは、帳成雄の意思ではなく、操る者が口を封じるためにそうさせたというのですか」

「そこまではできまい」

光行が信平の問いに答えると、肥前が焦った様子で言う。

「帳成雄を倒せば、せめて妹の術が解けると思い込んでいた。教えてくれ、帳成雄を操っていた者は、おれに殺されたのを知ったのか」

光行は渋い顔を横に振った。

「佐間一族とは、何者なのだ」

問う肥前に、信平は端的に教えた。

人心を操る技を使う一族の存在を知った肥前は、酷く動揺した。

「信平殿も、操られたことがあるだと」

「ずいぶん前の話だが、見事にやられた。その時は、麿に呪詛をかけた者が命を落としたのを機に、技が解けて正気に戻れた」

隠さず教えた信平は、光行に問う。

「この博道殿の妹御も、佐間一族の呪詛をかけられていると思いますか」

「見てみぬことには分からぬ」

信平は肥前に問う。

「そなたは、麿の話を聞いてどう思う」

肥前は考える顔をし、信平の目を見てきた。

「妹は十年前に、目の前で家族を殺された衝撃で記憶を失ったのだ。だからおれは、帳成雄に操られていると信じて疑わなかった」

光行が言う。

「案ずることはない。佐間一族の仕業と分かれば、わしが必ず解いてやる」

肥前は光行を見た。

「ほんとうか」

「見ておれ」

光行は光音をうつ伏せにさせ、背中に手の平を当てて呪を唱えはじめた。その声は次第に大きくなり、気合を込めて背中を何度も打つ。次に仰向けにさせて抱き起こし、額に手の平を当てて気合を込めた。その刹那、光音はびくりとのけ反り、顔を天井に向けて目を開いた。

あたりを見た光音は、光行に向けた目から大粒の涙を落として抱きつき、はばからず大声を出して泣きじゃくった。

普段の光音をよく知る光行は、優しく頭をなでた。

「よしよし、大丈夫じゃ。呪詛は解けたのだから、子供のように泣くでない」

そういう自分も顔をくしゃくしゃにしていた光行は、堪え切れず嗚咽《おえつ》した。

二人でひとしきり無事を喜んだ光行は、気持ちを落ち着かせ、肥前を見て言う。

「見たか。わしの言うことを信じよ」

肥前は安堵した面持ちでうなずいた。

信平が光行に問う。

「これまで帳成雄と共にいて、何か分かったことはありませぬか」

「ある。紙と筆を頼む」

応じた信平が、寺の者に支度させた。

光行は達筆で、金峰山《きんぷせん》と書いて見せた。

「これは、わしが禁裏御所を探っていた時、頭に浮かんだ文字じゃ」

「金峰山……」

口に出した信平は、あることを思い出し、光行を見た。

光行はうなずく。

「どうやら、知っておるようじゃな」

「まさか下御門は、三百年以上前に存在した、南朝の再来を狙うているのでしょうか」

南朝とは、時の将軍足利尊氏《あしかがたかうじ》と対立した後醍醐帝《ごだいごてい》が奈良に籠もり、吉野《よしの》で新しく開いた朝廷のことだ。

信平の推測に、光行は厳しい面持ちとなった。

「安倍晴豊はそれが見えたゆえ、わしに伝えたのやもしれぬ。銭才と下御門が同じ者かどうかは分からぬが、晴豊は、わしの頭に勝手に入り、金峰山の三文字を見せたのじゃ」

肥前が口を挟んできた。

「今の話を聞いて腑《ふ》に落ちた。銭才は、どの隠れ家に移ろうが必ず居室に肖像画を掛け、崇拝している」

信平はうなずいた。

「その肖像画が後醍醐帝ならば、同じ道を歩もうとしても不思議ではない。そうなれば、この世は二つに割れ、戦が絶えなくなる。なんとしても、阻止しなければ」

光行が言う。

「下御門の拠点は、金峰山のどこかにあるはずじゃ。信平殿、晴豊に会うべきだ。直に訊けば、詳しい場所を教えてくれるかもしれぬぞ」

信平は目を伏せた。

「安倍晴豊殿は、御所で亡くなられました」

「なんじゃと！」

光行は驚き、

「あ奴とは、まだ決着がついておらぬというのにか」

口ではそう言ったが、落胆し、悔しそうに息を吐いた。そして、はっと目を見開いた顔を向けた。

「いかん。晴豊がおらぬなら、御所が危ないぞ」

これまで探りの邪魔をしていた霧が晴れたのだと察した信平は、急ぎ行こうとしたのだが、立ち止まって肥前に言う。

「妹を助けたくば、一人で動くな」

肥前は迷う面持ちを見せ、信平に歩み寄る。

「分かった。おそらく甲斐が動いているはずだ。これからはおぬしの力になる。共に御所へ行こう」

「しかしそなたが行けば、銭才に知られる恐れがある」

肥前は薄い笑みを浮かべた。

「御所に押し入った奴らを皆殺しにすれば、伝わらぬ。急がねば、薫子を奪われてしまうぞ」

応じた信平は、部屋から出た。あたりはもう、夜の闇が迫っていた。

第四話　張りめぐらされた罠

一

一匹の狐が夜の町を駆け抜け、商家と商家のあいだにある路地へ入っていった。

宮中の北側に位置するこの町の通りは、日暮れと共に人が絶え、商家も戸を閉めてひっそりしている。そんな中、蠟燭問屋の隣に店を構えている表具屋のみが、潜り戸を開けて風通しをよくし、明かりと作業の音が通りへ漏れている。たった今、その表具屋の前を通りかかった禁裏付の一隊が止まり、一人が戸口から声をかけた。

「おい！　戸を閉めろ！」

店の者が慌てた様子で出てきて、急ぎの仕事があるため作業をしていたのだと説明をしたが、禁裏付の者は怒鳴った。

「賊が来る恐れがあると申し伝えたはずだ！　戸締まりのお達しに従わぬなら、引っ立てるぞ！」

店の者は詫びて戸を閉め、明かりまで消した。

不満の息を吐いた禁裏付の者は、一度通りを見渡し、

「行くぞ」

厳しい声をかけて歩みを進めた。

禁裏付に属する者は総動員され、今出川《いまでがわ》御門、石薬師《いしやくし》御門をはじめとする宮中の各門を厳重に守り、今の者たちのように、六人が一組となり周囲の見回りをしている。

また、宮中を囲んで屋敷を構える公家衆も、町家に隣接する者は特に守りを固めていた。

石薬師御門内の通りに門を構える参議《さんぎ》（朝廷の官職）高山忠満《たかやまただみつ》も、北側の裏手が蠟燭問屋に隣接しているのだが、日頃から何かと付き合いがある縁で、事情を知ったあるじからの申し出により、力を合わせて警固を万全にしていた。

夕暮れ時に高山家を訪ねた蠟燭問屋のあるじは、

「大恩がございます高山卿《きょう》のお力になるべく、手前が親しくしている屈強な者たちを集めました。裏の守りはおまかせください」

そう述べて、二十人の用心棒を紹介した。

高山家の従者が顔見知りの男もいるというので、忠満は安堵し、夕餉をすませたあとは息子と娘を相手に、夏の風物を詠《よ》んでいた。

息子は呑気《のんき》な父に、

「物騒なことで、何やら恐ろしゅうございます」

不安をぶつけるも、忠満は笑って言う。

「案ずることはない。表は家の者が目を光らせ、裏の蠟燭問屋は、日頃世話をしている当家への恩返しで大金を注ぎ込み、屈強な用心棒たちの他にも人を集めて、見張りを厳しくしておるのじゃ。賊が裏から入ろうとすれば騒ぎになり、禁裏付の兵がすぐさま助けに来る。そのように恐れずともよいのじゃ」

「それを聞いて、安心しました」

「ほっほっほ、そなたは相変わらず、気が弱いの。これ、実姫《さねひめ》や、次はそなたの番じゃ。早う詠まぬか」

明るい笑みを浮かべた実姫が、短冊を取って筆を走らせようとした時、庭に背を向けて座している兄の背後を見て目を見開き、卒倒した。

忠満は驚き、

「姫、いかがした」

声をかけるのと同時に、蠟燭に何かが飛んできて火が消えた。

「だ、誰か……」

暗闇の中に忠満の慌てた声がしたのだが、すぐさま呻き声に変わり、続いて息子の呻き声がして静かになった。

月明かりに照らされた庭を、無数の人が走ってゆく。御殿の各所で人の呻き声がし、外には届かぬ物音がしている。

腹を打たれた激痛が和《やわ》らいだ忠満は、口を塞がれているため助けを呼べず、目だけを動かして子供たちの無事を確かめようとしていた。そこへ、松明を持った曲者と共に、別室にいた正妻と女たちが連れて来られた。

松明の明かりで見えるのは、面頰《めんぽお》を着け、闇に溶け込む装束の曲者たち。その者たちは瞬く間に、高山家を制圧したのだ。

正妻を手荒に座らせた曲者が、抜刀して忠満に言う。

「皆殺しにされたくなければ、言うことを聞け」

忠満は何度も首を縦に振って見せた。

「こちらに来い」

言われるまま歩み寄ると、曲者は襟首をつかんで廊下に押し出した。

「表を守る者たちに、おぬしが中に入って休めと言え」

忠満は言うとおりに動き、表門へ向かい、内側で捕らえられている者たちを見て落胆した。閉じられている門の外では、二人の門番が警戒している。

曲者が脇門を開け、妙な真似をすれば殺すと脅して猿ぐつわを取り、忠満を促す。刀を背中に当てられた忠満は、脇門から顔を出して言う。

「これ、外の守りはよい。中に入れ」

すると二人の門番は疑いもせず従い、中に入った。

月影に潜んでいた曲者たちが飛びかかり、門番たちは抗う間もなく昏倒し、捕らえられてしまった。

御殿に連れ戻された忠満は、座敷にいた曲者の顔を見て驚き、指差す。

「そなた……」

ほくそ笑んだのは、甲斐の配下小四郎だ。

小四郎はこの日のために、浪人に扮して裏の蠟燭問屋のあるじと親しく接しており、まんまと用心棒として雇われていたのだ。

忠満は蠟燭問屋を案じて、恐る恐る訊く。

「そなた、店の者たちをどうしたのじゃ」

小四郎は薄い笑みを浮かべた。

「案ずるな、朝になれば目をさます」

用心棒について蠟燭問屋と話し合って決めていた家来が、忠満と小四郎のあいだに入ってきた。

「おのれ、騙したな！」

家来はそう叫んで飛びかかろうとしたが、抜刀した小四郎が袈裟斬りに打ち下ろした。

胸から血を噴出して仰向けに倒れた家来を目の当たりにした忠満は、腰を抜かして失禁した。

女たちは悲鳴をあげ、卒倒する者がいれば、うずくまって頭を抱える者もいる。

「皆を蔵に閉じ込めよ」

小四郎の命令に応じた配下たちが、忠満をはじめとする家の者たちを連行し、ひとつの蔵に押し込めて戸を閉め、鍵をかけた。

高山家を完全に押さえたところで、甲斐が現れた。

小四郎は廊下で片膝をつき、甲斐は表の広間に入って、上座に用意された床几《しょうぎ》に腰かけた。そして、頭を下げたままの小四郎に問う。

「肥前はどうした」

「ご命令どおり帳成雄のもとへ行かせましたが、配下共々、約束の刻限になっても現れませぬ」

「一人も戻らぬとなると、信平にやられたか。まあいい、肥前など、初めから当てにしておらぬ」

帳成雄の死をまだ知らぬ甲斐は、自分たちだけで十分だと言い、四十人の配下と禁裏御所に攻め込む支度にかかった。

二

いっぽう、禁裏御所の自室にいた信政は、落ち着かぬ夜を過ごしていた。帝と共に奥に入ったまま姿を見せない薫子が、気になって仕方ないのだ。

安倍晴豊がいた部屋の隣に隠れているのだと思う信政は、下御門が倒されるまで出られないのではないかと考えもして、案じずにはいられない。

ふと、この世の安寧を願う父信平の言葉が頭に浮かんだ信政は、薫子を必ず守らなければと自分に言い聞かせ、立ち上がった。

背を向けて横になっていた道謙が、見もせずに言う。

「信政、何を慌てておる」

「休む前に一度、御所を見回ってまいります」

「そうか」

道謙はあくびまじりに言い、眠りにつく気配を見せる。

信政は頭を下げ、外障子が開けられたままの廊下に出た。空を見上げれば、昨夜にくらべて、より欠けが増した月が南の空に浮いている。黒い影となって見える殿舎の屋根に目を向け、草履《ぞうり》をつっかけて庭に下りた。

薫子が隠れているはずの御所を外から見回るべく、ゆっくりとした足取りで歩みを進めていた時、修行により研ぎ澄まされた感覚が、闇から迫る気配をいち早く察知した。

月明かりが届かぬ暗がりに顔を向けた信政は、咄嗟に飛びすさる。すると、先ほどまでいた地面に一本の弓矢が突き刺さった。

信政は、上からの攻撃に目を向けた。

殿舎の屋根に黒い影が立ったかと思えば、飛んで襲いかかってきた。

下がる信政。

曲者は着地と同時に一回転して迫り、信政の足を狙って刀を一閃した。

地を蹴って飛び、刃をかわした信政は、鞘に納めたままの雲雀の太刀で頭を打って昏倒させると、背後から放たれた矢を弾き飛ばし、月影に潜む気配に向かって走る。

矢を番《つが》えようとしていた曲者に迫り、太刀を抜いて峰打ちした信政は、呻いて倒れる相手を見もせず、帝と薫子がいる御所に向かった。

木戸を守るべく急ぐと、すでに曲者が侵入しており、内側から堅く閉められている戸を打ち破ろうとしていた。

信政は気付かれぬよう行こうとしたのだが、目の前に人影が現れた。

月の淡い明かりでは顔がはっきり見えないが、こちらへ、と言った小声は東子のもの。

近づいたのを気付かなかった信政が目を見張っていると、東子は袖を引き、木戸を破ろうとしている曲者に気付かれぬよう物陰に連れて入った。

「付いてきてください」

言われるまま後ろに続いた信政が連れて行かれたのは、人がめったに立ち入らぬ殿舎の中の、さらに奥だった。

蠟燭が灯された部屋には、禁裏御所の警衛と従者が数人おり、女官と共に帝を守っていた。

帝の前で片膝をついて頭を下げた信政に、警衛の一人が言う。

「東子殿がいち早く敵の襲来を察知されたおかげで、帝をお助けできました」

安心するのはまだ早い。薫子の真実が言えぬ信政は、帝を見た。

すると帝は、案ずるな、という目顔でうなずく。

信政は立ち、頭を下げた。

「道謙様をお連れします」

行こうとすると、穴から外を見ていた警衛が止め、小声で言う。

「曲者が数名いますから、出ればこの場所が見つかってしまいます」

動けぬ信政は、部屋で眠っているはずの道謙の身を案じた。

帝が暮らす御所では、甲斐の配下が木戸を破ったところだった。

待っていた甲斐は小四郎と中に入り、配下が松明で照らす部屋を捜したものの、もぬけの殻だった。

甲斐が、部屋の中央に敷かれていた一枚の畳に土足で上がり、小四郎を睨む。

「どういうことだ」

小四郎は焦りの色を浮かべた。

「帳成雄は、ここにいると申したのです」

「おらぬではないか!」

「帳成雄を信じていらっしゃるのは銭才様です。お頭も同じでは……」

「そうだとも。お前の聞き間違いではあるまいな」

「間違いありませぬ。先日我らが打ち破ろうとした木戸の中に、皇女様が閉じ込められていらっしゃると、確かに申しました」

「このまま引き上げるわけにはいかぬ。外の者が気付く前に捜せ。邪魔をする者は皆殺しにしろ」

「はは」

部屋から出ようとした時、外が騒がしくなった。

甲斐が急ぎ行くと、庭にいた配下たちが、一人を相手に刀を構えていた。見覚えのある老翁に、まだ傷が癒えぬ腕を押さえて舌打ちした。

「じじい、また邪魔をするか」

言われたのは道謙だ。

愛刀埋忠明寿を右手に下げている道謙は、甲斐に厳しい目を向けて言う。

「凝りぬ奴よ。今日は、逃げられると思うな」

道謙はそう言うなり動いた。老翁とは思えぬ速さで曲者に迫り、突き抜ける。その背後では、刀を振り上げていた一人が峰打ちにされた腹を押さえてうつ伏せになり、もう一人は背中を打たれてのけ反り、気絶して仰向けに倒れた。

「者ども！　じじいを囲め！」

小四郎の叫びに応じた配下たちが、道謙を囲む。

甲斐と小四郎が庭に飛び下り、抜刀して道謙と対峙した。

多数に囲まれてもまったく動じぬ道謙は、むしろ微笑みさえ浮かべている。

無言で背後から斬りかかる曲者を見もしない道謙は、打ち下ろされた一刀を右に足を運んでかわすやいなや、袖を振るって身体を転じざまに、相手の背中を峰打ちした。

地面にたたきつけられるほどの勢いで倒れた曲者は、ぴくりとも動かぬ。

あまりにも凄まじい剣に、小四郎は目を見開き、頰を引きつらせている。

甲斐が道謙を睨み、囲んでいる配下に怒鳴る。

「何をしている！　かかれ！」

十人を超える曲者が一斉に刀を構え、囲み斬りにせんと前に出ようとした時、その一角が崩れた。

背後から打ち倒したのは、駆け付けた信平だった。

道謙に劣らぬ信平は瞬く間に三人を打ち倒し、斬りかかる曲者の刀を弾き飛ばして下がった。

「師匠、遅くなりました」

「うむ」

応じた道謙は、前にいる二人に迫り、斬りかかってきた相手の一刀をかわして峰打ちに倒し、二人目に迫って太刀を振るい、昏倒させた。

夜襲に優れた四十人もの配下が、道謙と信平の二人に次々と打ち倒されてゆく光景に、小四郎は声を失っている。

甲斐は苛立ち、小四郎の背中を押した。

「何をしておる。斬れ！」

怒鳴られた小四郎は、血走った眼を信平に向けて刀を構え、背後から斬るべく出ようとしたのだが、目の前に肥前が立ちはだかった。

殺気に満ちた恐ろしい目を向ける肥前に、小四郎は息を呑む。

「まさか、裏切るのか」

「初めから仲間ではない」

肥前が抜刀するのを見た小四郎は、刀を八双《はっそう》に構えて気合をかけ、前に出る。

肥前も出て、両者すれ違う。

前にいる甲斐を睨む肥前が突き出している太刀には、血糊《ちのり》が付いている。

斬られた小四郎は、振り向いて刀を振り上げたところで目を見張り、横向きに倒れた。

甲斐が目を見張って言う。

「肥前おぬし、血迷うたか」

「このままでは、おれも妹も、銭才に飼い殺されるだけだ。奴のために人を斬るのは、もう耐えられぬ」

「妹がどうなってもいいのか」

「妹は助ける。どこにいるか言え」

「ふ、ふふふ、知っていても教えるわけがあるまい」

「ならば、言いたくなるようにするまでだ」

肥前が太刀を峰に返すと、甲斐は油断なく下がり、背を向けて殿舎の屋根に飛び上がるべく走った。だが、飛ぶ寸前に信平が投げ打った小柄が右足に刺さり、甲斐は呻いて転がった。それでも小柄を抜き捨て、逃げようとした背後に迫った肥前が、峰打ちして昏倒させ、捕縛した。

それを見ていた甲斐の配下たちは、戦意を失って逃げた。だが、待ち構えていた佐吉たちと禁裏付の舘川肥後守が率いる手勢に囲まれ、ことごとく捕らえられた。

舘川が信平のもとへ駆け寄った。

「おかげさまで賊を捕らえました。礼を申します」

「賊の頭目に確かめたきことがあるゆえ、一時預からせていただきます」

舘川は、肥前の足下に横たわる甲斐を見、肥前に厳しい目を向けたあと信平にうなずいた。

「承諾しました。人手がいるようなら、いつでもおっしゃってくだされ」

「おそれいります」

御所の奥から出てきた道謙が、不機嫌な顔で口を挟んだ。

「信平、何ゆえわしと信政には黙っておった」

信平は頭を下げた。

「急ぎ駆け付け、やっと間に合った次第です」

「嘘を申すな。帝は逃げておられるではないか」

信平は驚いた。

「奥へお隠れではないのですか」

道謙がいぶかしむ。

「まことに、今まいったのか」

「はい」

道謙は御所に振り向いた。

「では、帝はどこにおられる。信政はどこじゃ」

信平は佐吉と捜したが、暗い御所の周囲にはいなかった。

佐吉が大声で信政を呼んでいると、一人の警衛が信平に駆け寄って片膝をついた。

「ご安心ください。帝と共にご無事です」

そう告げた警衛の背後にある渡り廊下に、明かりを持った集団が現れた。帝の後ろに続いていた信政が気付き、庭に飛び下りて走ってくると、信平と道謙の前で片膝をついて頭を下げた。

「師匠、ご心配をおかけしました」

道謙が安堵の面持ちでうなずく。

「そなたがいち早く気付き、帝をお守りしておったのか」

「いえ、襲撃に備えられ、昨日から隠れ場所に移られていたそうにございます」

「なるほど。帝は用心深くなっておられる。それはそれで、よいことじゃ。のう信平」

「はい。信政、ここはよい、帝をお守りいたせ」

「はい」

信政は立ち上がって頭を下げ、御所に入る帝のもとへ走った。

舘川が道謙に言う。

「では、我らも警固に戻ります」

「気をつけられよ」

「ありがとうございます」

舘川は下がり、捕らえた者たちを連行した。

信平は道謙に言う。

「では、わたしも鷹司家に引き上げます。信政のこと、お願い申します」

「うむ」

甲斐を連れて行こうとした信平に、道謙が声をかけた。

「信平、その者に、下御門の居場所を白状させるつもりか」

「はい」

「奴は京の魑魅《すだま》じゃ。ゆめゆめ油断するでないぞ」

「承知しました」


道謙の前から下がる信平を御所から見ていた信政は、従者や警衛たちに守られて昼御座に入った帝のそばに歩みを進め、片膝をついて小声で問う。

「弘親殿のお姿が見えませぬが、どちらにおられますか」

すると帝は微笑み、近くに立って守っていた、弓を持っている警衛を指差した。薫子は、従者ではなく、警衛の身なりをして帝のそばにいたのだ。

薫子は信政に小さくうなずいて見せ、外を向いて警固をするふりをした。

安堵の息を吐いた信政は、足の力が抜けそうになるのを堪えて立ち、禁裏御所の騒ぎが収まったあとも眠らず、夜が明けるまで薫子を守り続けた。

三

甲斐の襲撃が失敗に終わり、生け捕りにされたのを知った銭才は、恐ろしい形相となり、知らせに戻った従者に茶碗《ちゃわん》をぶつけた。

従者は黒装束が茶で濡《ぬ》れるのを見もせず、平伏する。その手の先に転がった茶碗を止めた近江は、銭才に代わって従者に問う。

「皇女様は、まことにいなかったのか」

「はい。帳成雄が申しましたとおりに御所の奥を捜しましたが、皇女様のお姿はどこにもなく、帝すらも姿を消しておりました」

銭才は立ち、憎々しげな顔を京の方角へ向けた。

「おのれ高貴宮《あてのみや》（当代天皇の幼称）め、謀《たばか》ったな。帳成雄は幻を見せられたに違いない。安倍晴豊にそうさせたのじゃ」

そこへ、別の従者が来て片膝をついた。

「銭才様、急ぎお伝えしたいと申す者が来ております」

「誰じゃ」

「帳成雄が籠もる寺に付いている者です」

「通せ」

「はは」

程なく、暗い庭に手燭を持った従者と共に現れたのは、着物を尻端折《しりはしょ》りした小者風の男だ。

身なりは粗末だが、眼光は鋭く、ただの小者ではない。

銭才はその者の顔を見るなり、察したように目を細めた。

「何があった」

するとその男は、顔を伏せ気味に言う。

「帳成雄が殺されました」

銭才は見えるほうの右目を鋭くした。

近江は逆に両目を見開いて問う。

「信平の仕業か」

「それが……」

戸惑う男に、近江が苛立ちをぶつける。

「どうした。申せ！」

「斬ったのは肥前です」

近江は絶句した。

「あり得ぬ。何かの間違いではないのか」

「この目で、確かに見ております」

「奴の妹は、我らの手中にあるのだぞ。見捨てたと申すか」

「近江、騒ぎ立てるな」

銭才に言われて、近江は男の前を離れて頭を下げた。

上座に戻って座した銭才は、ため息をつく。

「惜しいことよ。肥前は使えると思うたが、信平と出会《でお》うたせいで良心の呵責《かしやく》に苦しみ、負けてしもうたようじゃ」

「奴が、妹を見捨てるでしょうか」

近江の問いに、銭才はまた、ため息をついた。そして、知らせた男に厳しい顔を向ける。

「肥前は帳成雄を斬ったあとは、信平と行動を共にしておるのか」

「はい。宮中へ向かいました」

銭才は、くつくつ笑い、すぐに、真顔となる。

「帳成雄がお絹の居場所を言わなかったからじゃ。甲斐を生け捕りにしたのは、我らの居場所を吐かせるためであろう。今頃は、お絹の身を案じて焦っておるはず。近江支度じゃ、裏切り者には、大きな代償を払わせねばならぬ」

近江は驚いて言う。

「しかし銭才様、信平のみならず、赤蝮が来る恐れがございます」

「それこそ、我らの思う壺《つぼ》ではないか」

ほくそ笑む銭才に、近江は戸惑いを隠せぬ。

近江の顔をじっと見ていた銭才が、手招きした。

すぐさま膝行して近づいた近江に、小声で言う。

「案ずるな。信平は肥前のために、己の家来のみを連れてくるはずじゃ。奴はそういう男よ。今から、わしの言うとおりにせい」

さらに声音を下げ、策を告げられた近江は目を見張った。

声を失っている近江に、銭才は薄笑いを浮かべて言う。

「早う支度にかかれ」

近江は従って立ち、配下を連れて出ていった。

一人残った銭才は、襖を開けた。八畳の座敷では、お絹が横になって眠っている。

その背後に座した銭才は、月よりも白く見える頬にそっと手を当てた。

「肥前は愚か者じゃ。わしに従《したご》うておれば、新しき朝廷で権勢をほしいままにできたものを」

手を離し、庭の空に浮く月を見上げる銭才の後ろで、お絹はゆっくりと瞼を開けた。曇りのない美しい眼であるが、感情は浮いておらず、瞬きすらもしない。帳成雄がこの世を去っても、お絹の身体に変わりはないのだ。

四

信平は、鷹司家の裏庭にある作事《さくじ》小屋の中で朝を迎えた。

戸口を佐吉が守り、鷹司家の者に聞かれないよう注意をはらいつつ、蠟燭を灯した小屋の中で甲斐と向き合っている。

甲斐は肥前によって柱に縛り付けられ、身動きが取れぬ状態で立たされている。所司代に引き渡す前に、銭才の隠れ家と、光行が書いた金峰山が同じか確かめようと、山の名を言わずに問うているが、甲斐は笑って相手にしない。

朝になり、妹を思い焦る肥前は、銭才の居場所など知らぬと言い張る甲斐に痺《しび》れを切らし、木刀を手にして打ち据えた。

「言え！　妹と銭才はどこにおる！」

何度打たれても、歯を食いしばって耐えていた甲斐は、肥前が木刀を太刀に持ち替えて抜くのを見て目を見張った。

「おれを斬るのか」

「言わぬなら、おぬしに用はない」

そう答えた肥前が目を大きく見開き、鬼の形相で太刀を高く振り上げたのを見た甲斐が、息を呑んだ。

「待ってくれ。おれは一族のため、金ほしさに従っていただけだ。殺さないでくれ！」

すると肥前は太刀を鞘に納め、鋸《のこぎり》を手にした。

「命までは取らぬ。手足を切って、町に放り出してくれる」

肥前が腕に鋸を当てると、甲斐は悲鳴をあげた。

これまで痛めつけても口を割らなかった甲斐の変わりように、頼母たち家来が顔を見合わせている。

肥前が言う。

「おぬしは以前、従わぬ者に同じことをしたな。手足を切られた者がどのようになるか、よう知っておろう」

甲斐が、きつく目を閉じた。

「言う、居場所を言うから、それだけはやめてくれ。死ぬより辛い」

「どこだ！」

「東大寺《とうだいじ》だ！」

甲斐は大声でそう答え、肥前に鋸を下ろすよう懇願した。

肥前は、甲斐を見据えて問う。

「東大寺に行ったことはないが、境内は広いと聞く。詳しい場所を言え」

甲斐は観念し、銭才とお絹の居場所を白状した。

「井田家を潰した徳川の刺客を恐れた銭才様は、東大寺の境内にある二月堂《にがつどう》の近くにひっそりと建つ庵《いおり》に、身を潜めていらっしゃる。おぬしの妹も、そこにいるはずだ」

肥前は甲斐を睨んだまま言う。

「信平殿、確かめるまで、こいつをどこかに閉じ込めておきたい。偽りと分かれば、手足を切り落とす」

銭才とその配下を恨む肥前は非情だ。その本気に怯えている甲斐が嘘を言っているようには思えなかった信平であるが、承諾した。

「頼母、この者を蔵に入れ、新十郎と共に見張れ」

「承知しました」

従う頼母を横目に見た肥前が、鋸を置いて太刀を抜き、切っ先を向けた。

佐吉が甲斐の縄を解いて柱から離し、大人の男の手首ほどはあろう太さの縄を取って甲斐の身体に何重にも巻き付け、きつく縛った。

「これで逃げられぬ」

そう言った佐吉が、頼母に縄の端を渡すのを見ていた信平は、鈴蔵に馬の支度を命じ、肥前と共に小屋から出た。

先を急ぐ信平を見送った頼母は、甲斐を歩かせて蔵に向かった。

甲斐は公家の屋敷を見回しながら、頼母に言う。

「なあおぬし、この鷹司の血を引くくせに、徳川の家来になった信平が公家衆からどう言われているか、知っているか」

頼母は真顔を向け、背中を押した。

「黙って歩け。戯言など聞く気はない」

「信平は、徳川に媚《こ》びを売る鷹司家の犠牲者だと言われている。内心は、公家でありたいと思うているはずだと」

「黙れと言っている」

甲斐は笑った。

「そう怒るな。おれは噂を教えただけだ」

「殿は今や、七千石の大身旗本になられた。世の安寧を願われ、数多の悪を倒してこられたからだ。それを投げ打って公家に戻りたいなど、思われるはずはなかろう」

「ならば何ゆえ、狩衣を脱がぬ」

確かに甲斐の言うとおり、信平は頑なに狩衣を着け続けている。

だが頼母は、動じるはずもなく言い返す。

「ただ単に動きやすいからだと、殿はおっしゃっている」

「それは言いわけに決まっておる。奴には公家中の公家である鷹司一族の血が流れているのだ。古では公家に使われていただけの武家風情《ふぜい》の臣下でいるものか。今はそれで満足していたとしても、いずれ必ず、我らが作る世を羨《うらや》むようになる。悪いことは言わぬ、おぬしから、我らに与するよう説得しろ。そうすれば、おぬしたちの首も繋がるぞ」

「それ以上しゃべると、口に物を詰めるぞ」

頼母が相手にせず言うと、甲斐は立ち止まってため息をついた。

「では仕方ない。今ここで、死ね」

ほくそ笑んだ甲斐の身体から、縛っていた縄が落ちた。

並べた無駄口は、頼母の注意をそらすためのものだったのだ。

はっとした頼母が刀に手をかけようとするより早く、甲斐の拳が腹の急所を突いた。

呻いて倒れる頼母の腰から刀を抜いた甲斐は、まだ十六歳の新十郎に余裕の面持ちで言う。

「おれの技にかかれば、縄など意味がないのだ。おい小僧、死にたくなければそこをどけ」

「新十郎、下がれ」

案じた頼母が言ったが、新十郎は一歩も引かず、険しい表情で対峙している。

甲斐は鼻先で笑ったかと思えば、顔が殺気に満ちたものに豹変《ひょうへん》した。そして一拍の間ののちに気合をかけて迫り、袈裟懸けに打ち下ろした。

袴を着けている新十郎は、両手を足の付け根に当てたまま対峙していたのだが、そのままの姿勢で左足を下げて一刀をかわすと同時に、空振りした甲斐の後ろ首を右の手刀で打った。

「えい！」

気合があとから聞こえた気がした頼母は、目を見張った。首への一撃で、甲斐が昏倒したからだ。

「おぬし、やるな」

感心して言う頼母に、新十郎は手を差し伸べて言う。

「両親に厳しく仕込まれました。ようやくお役に立てて、嬉しゅうございます」

手を取って立った頼母は、新十郎の肩をたたいた。

「殿もお喜びになろう。この者を閉じ込めるぞ」

「はは」

新十郎は佐吉が使った縄ではなく、己の刀から下げ緒を取り外し、甲斐を起こして後ろ手にさせると、親指を合わせて巻き、続いて手首もきつく縛った。甲斐の背中に活を入れてやると意識を取り戻し、腕の戒めを解こうとしたが叶わず、新十郎を睨み上げた。

「このくそがき、忌々《いまいま》しい奴め覚えていろ。必ず殺す」

わめく甲斐を相手にしない新十郎は、涼しい顔で縛っている親指をつかんで上げた。

「うお、うあ」

激痛に顔を歪めた甲斐はたまらず立ち上がり、大人しく蔵まで自分の足で歩んで入った。

鍵を閉めた頼母は、控えめな新十郎に微笑み、二人で見張りについた。

これにかかわらず遠くから見ていた鷹司家の家来小西昌広が、御殿の自室にいる房輔のもとへ走り、こう報告した。

「信平様のご家来は、若党でも目を見張るほど強うございます。下御門の手の者を入れるとおっしゃって案じておりましたが、いらぬ心配でした」

感服した様子の小西に、房輔は満足そうな笑みを浮かべた。

五

途中で馬を乗り継いで急いだ信平たちは、奈良へ入っていた。目指すは東大寺。街道を駆け抜け、日暮れまでには到着した。

馬を預けたところで働いていた小者に二月堂の場所を教えてもらい、門前町の旅籠を間借りして、日が暮れるのを待った。夜の闇に紛れて近づくためだ。

八畳の座敷を二間続きで借りて入ったところで、肥前は妹を助けられると喜び、信平に礼を言った。

興奮して落ち着きがない肥前を初めて見た信平は、たった一人の肉親を取り戻せることに期待する気持ちを察しつつも、確実に助け出すため、まずは鈴蔵に探らせようと持ちかけた。

応じた肥前に、信平は問う。

「銭才の容姿を、鈴蔵に教えてやってくれ」

肥前はうなずき、近づいた鈴蔵に小声で言う。

「奴は着古した衣を纏った、薄汚い老翁だ。左目の周りが赤黒く変色し、黒目は白濁している。奴の周囲には年寄りがおらぬゆえ、一目で分かる。妹は、外に出る時は飼っている猿を連れて行くが、家の中ではそばに置かぬ。色白で、牡丹村で暮らしていた時は穏やかな面持ちをしていたが、今は無表情だ。小柄で華奢《きやしゃ》な身体つきをして、髪は後ろでひとつに束ねて腰まで垂らしている。あと、銭才のそばには近江がいる。奴は背が高く、髪を茶筅に束ねた剣客風だ」

「承知」

参詣者になりすました鈴蔵が戻ったのは、日が山の尾根に沈んだ頃だった。

待ちわびた様子でどうだったか問う肥前に、鈴蔵は冷静に告げる。

「確かに、肥前殿に聞いたとおりの容姿をした老翁と、猿は見えませぬが、小柄な娘がそばにおり、世話を焼いておりました。警固の者が数名おりますが、近江らしき姿はありませぬ」

「銭才と妹に間違いない。近江は、どこかにいるはずだ」

肥前の言葉を受け、信平が口を挟んだ。

「お絹殿が銭才の世話をしているなら、まだおぬしのことが伝わっておらぬのだ。見張りが少ない今がよい折。すぐにまいろう」

「よし」

勇んで立つ肥前に続いた信平は、狐丸を手に外へ出た。

暗い境内には、鹿の群れがいる。

信平たちは鹿を恐れさせぬよう先を急ぎ、鈴蔵が案内した茂みに身を潜めた。足音が近づき、枝葉の向こうから雄鹿が現れ、信平に歩み寄ってきた。

信平は頭をなでてやりつつ、鹿が飽きて去るのを静かに待った。

程なく鹿は去り、その足音に乗じて茂みの端に近づいた信平は、鈴蔵が無言で示す先を見た。

淡い明かりが漏れている建物は、雄大な二月堂と対比してこぢんまりしており、星空の下で輪郭を見せている。

「甲斐は庵と申したが、小さき寺の本堂ほどはあろうか」

鈴蔵にそう言い、周囲の気配を探った信平は、茂みから出ようとする肥前を止めた。

肥前が不服そうに言う。

「何ゆえ止める」

「静かすぎるのが気になる」

警戒を強めようとする信平に、肥前は言う。

「近江がおらぬ今を逃す手はない。この手で銭才を斬る」

信平の手を払った肥前は、茂みから出て走った。

表を見張っていた二人が気付いた時には、肥前は目の前に迫っており、抜いた太刀が左右に振るわれる。

刀を抜く前に打ち倒した二人には目もくれぬ肥前は、表側の石段を駆け上がって戸を蹴り破った。

続いて入った信平が見たのは、広い座敷にいる老翁と娘。

銭才と思しきその老翁は、着古した衣を纏った薄汚い姿ではなく、漆黒の狩衣と指貫を着けていた。肥前が言ったとおり左目は白濁しているが、右は目力があり、顔は生気に満ちて恐ろしいまでの気を感じる。

立っていた老翁は、無表情の娘を右腕で引き寄せ、肥前に微笑みかけた。

「肥前、小者に探らせていたようじゃが、来るのを待ちわびておったぞ」

「黙れ銭才、おのれの悪運もここまでだ。妹を離せ」

「動くでない」

銭才は左手に隠し持っていた小太刀を、お絹の喉元に近づけて脅した。

それでも太刀を向けて出ようとした肥前であるが、信平が腕を引いて止め、銭才に問う。

「おぬしが、下御門実光か」

すると銭才は、白濁している左目の瞼を見開き、見えるほうの右目を細めて信平を見てきた。

「そちが、鷹司の倅《せがれ》か」

「いかにも、信平じゃ」

「ようここまで来た。そちが申すとおり、確かに以前はそう名乗っていた。じゃが下御門の名は、京の魑魅などと徳川に広められた時から捨てた。銭才と呼ぶがよい」

薄い笑みさえ浮かべている銭才の気を引くために、信平はさらに問う。

「先帝の血を引く孫娘に執着するのは、かつて奈良に存在した南朝のごとく、新しき朝廷を立てるためか」

銭才は笑みを消した。

「加茂家の者に聞いたか」

「誰でもよい。答えよ」

「今の世は、正しき日ノ本の姿ではない。三河《みかわ》の小者にすぎなかった徳川が源氏を騙《かた》ってもぎ取った将軍の座など、我らは認めぬ。これを許す帝も朝廷も、武士ごときの言いなりになる木偶も同じことよ」銭才は信平を指差して続ける。「そちの父もそうじゃ。徳川などに媚びを売る朝廷の言いなりに、孝子《たかこ》殿を生贄《いけにえ》同然に差し出した。孝子殿は、血腥《ちなまぐさ》い武家が巣くう江戸になど行きとうなかったはずじゃ。江戸城の片すみに追いやられ、軟禁も同然の暮らしを強いられた孝子殿が、そちは幸せだったと思うか」

信平は、銭才の本心を探る眼差しを向ける。

「本理院様に想いを寄せていたのか。それゆえ、徳川との縁組みをすすめた下川家の者を逆恨みして牡丹村を襲い、博道殿とお絹殿を辛い目に遭わせているのか」

　銭才は、右目で信平を睨んだ。

「わしの本音を申せば、孝子殿の名誉に関わるゆえ申さぬ。肥前を育てたのは、わしを苦しめた一人である下川久定《ひささだ》の孫ゆえ、その血筋を高く買《こ》うたまでよ。わしの見立てどおり、肥前は我が十士の中でも群を抜いて、よう働いてくれた」

「この世を争乱の渦にしようとするのは、本理院様を奪った徳川を恨んでのことと申すのか」

　信平の問いに、銭才は声高に笑った。

「わしがそうだと答えれば、孝子殿は喜ばれようか」

「違うなら、何ゆえそこまで徳川を憎み、安寧の世を乱そうとする」

「申したであろう。日ノ本を正しき道に戻すためじゃと」

「それだけとは思えぬ。下御門の名を捨てた理由が、そちを動かしているのではないのか」

　銭才は、初めて怒気を浮かべた。

　表情の移ろいは僅かだが、見逃さぬ信平は言う。

「京の魑魅と広めた者に、関わりがあるようだな」

「黙れ。それ以上申すな」

「井田家と結託して徳川を転覆させようとしたのが、そちが京の魑魅と言われるはじまりと思うていたが、まことの理由があるなら申せ」

銭才は顔を歪めた。

「わしは、井田家を潰そうとたくらんでいた徳川の者に嵌《は》められたのだ。当時わしは、確かに井田家と関わりがあった。だがそれは私欲ではなく、朝廷の命に従っていただけじゃ。武家を蔑んでいたわしは、徳川の将軍職を認めることができず。言いなりになる朝廷からも遠ざかっておった。それを疎《うと》ましく思うていた者どもに利用され、覇気《はき》多き当時の井田家と結び付けて捕らえられ、謀反《むほん》のたくらみを認めるまで痛めつけられた。この目を見よ」

銭才は白濁した左目を、指で大きく開いた。

「拷問により手足の骨が折れるまで責められた挙句に、目を潰されたのじゃ。それでもわしは認めなかった。奴らの思いどおりにさせてなるものかと抗ったが、意識を失い、長い眠りからさめた時は、信平、おぬしが知っているとおりになっていたのだ。わしは九州へ流され、長いあいだ辛酸をなめさせられた。それでも、徳川を恨むなと申すか」

「では、そなたを貶《おとし》めた者が描いたとおりに、徳川を倒すために井田家と結託したと申すか」

信平の憶測に、銭才は薄い笑みを浮かべた。

「そのとおりよ。まずは、わしを貶めた奴を始末し、人を集め、力を蓄えてきた。当時を知る者は、今頃わしを恐れておろう。じゃが、もはや小者はどうでもよい。新しき朝廷を作り、正しき日ノ本の姿を世に知らしめれば、源氏を騙る徳川、いや、武家が偉そうにする世など、すぐさま終わる」

「本気でそう思うているのか」

信平が言うと、銭才は嘆かわしげに言う。

「徳川から僅かばかりの領地を与えられて崇拝しておるそちなどに、わしの本望を理解できようものか。徳川に売られたも同然の孝子殿を頼り、徳川に尻尾を振るそちは、畜生にも劣る者よ」

蔑んだ笑みを浮かべる銭才であるが、信平はまったく動じぬ。

「そなたも所詮、権力の亡者であろう。己の境遇を呪い、この世の仕組みを恨んでいるだけではないか。不満を持つ者と徒党を組み、天下を我が物にしようとたくらめば、日ノ本が争乱の渦になる。数多の罪なき民が苦しむような真似はさせぬ」

「乱の先に、野蛮な武家に支配される世がなくなると言うても、わしを止めるか」

「権力ほしさに、多くの命を奪っているそなたに、武家を野蛮と言う資格はない」

銭才は信平を見たまま、お絹の首に小太刀を近づけた。

「肥前、お絹を殺されたくなければ、今すぐ信平を斬れ」

肥前は顔をしかめ、信平を見た。

信平は銭才から目を離さず問う。

「我らが来るのを、知っていたのか」

銭才は不気味に微笑んだ。

「ぬしは、考えが甘いのう。甲斐には、しくじった時の身のふり方を仕込んでおる」

これには肥前が驚いた。

「甲斐は、我らがここに来るよう仕向けたというのか」

「偽りの場にな」

銭才がそう言った時、近江と数十人の敵が二月堂の方角から迫り、建物を囲んだ。

佐吉と鈴蔵と一京が戸口を守る前に歩み寄った近江が、肥前に怒鳴る。

「妹を殺されたくなければ、信平を斬れ！」

十年前と同じ状況に陥った肥前は、苦しみの声を吐いて抜刀し、苦渋の面持ちを信平に向けると、刀を振り上げた。

「兄上！」

叫んだのはお絹だ。

十年前と同じ妹の悲痛な声に肥前は驚き、振り向いた。

お絹が涙を流して訴える。

「人を斬らないで」

同じ状況に陥ったおかげで記憶が戻ったと思う肥前は、信平に向く。

真顔を向ける信平に、肥前は太刀をにぎりなおして言う。

「妹のためにも、おれは戦う」

その刹那、信平は隠し刀を投げ打った。

お絹を盾にしていた銭才は、顔に迫る刀を小太刀で打ち払った。

その隙に離れたお絹の腕を引き寄せた肥前が、背中に守って言う。

「信平殿、妹を頼む」

お絹を押して下がらせた肥前は、銭才を睨み、怒りの声をあげて太刀を振り上げた。

横手から放たれた弓矢が肥前に迫る。

太刀で切り飛ばした隙に、銭才が狩衣の袖を振るって身をひるがえし、横の外障子を開けて逃げた。

追って出た肥前の前に、近江が立ちはだかる。

庭に飛び下りた銭才は、近江の配下に守られ、余裕の面持ちで振り向く。

「肥前、わしはそちを見込んでおる。今なら許す。信平を斬れ」

「二度と、おのれの言いなりにはならぬ」

「では、死ね」

銭才が手を前に振ると、闇に溶け込む色合いの装束に身を包む者どもが二手に分かれた。その後ろから弓矢を持った十人が現れて並び、一斉に狙いをつけて放つ。

信平を守る佐吉が大太刀で打ち払い、鈴蔵は畳を立てて防ぐと共に、火薬球を投げた。閃光《せんこう》と共に炸裂《さくれつ》した火薬球によって弓隊が弾き飛ばされ、銭才を守っていた者たちも倒れた。

近江が怯んだと見た肥前は、太刀を構えて縁側から飛び、頭上から打ち下ろす。

横に転がってかわした近江はすぐさま立ち、肥前と同じ三倉内匠助の太刀を抜き、追って打ち下ろした肥前の太刀を受け止め、擦《す》り流し、肥前の右背中を狙って打ち下ろした。

太刀を逆さまに立てて受け止めた肥前は、向きを変えて正眼に構え、対峙した。

「十年前の恨みを、今こそ晴らしてくれる」

目を見開いて言う肥前に対し、近江は余裕の面持ちだ。

「おぬしごときが、おれに勝てるものか」

「黙れ！」

肥前は猛然と斬りかかった。

近江は太刀筋を見切ってかわしたが、肥前の二の太刀が手首を浅く切った。

飛びすさった近江は驚きを隠せぬ様子となり、さらに下がる。

追って太刀を向けた肥前であるが、あいだに近江の配下が割って入ってきた。

「どけ！」

怒鳴って切り伏せた時には、近江は銭才を守って離れ、積年の恨みを果たせず逃げられてしまった。

信平はこの時、近江の優れた配下を相手に佐吉たちと戦っていた。

斬りかかる三人を狐丸で打ち倒し、馬を馳《は》せて逃げる銭才を見つけて追って走る。

馬に驚いて逃げる鹿たちのあいだを縫うように走り、道の先へ回り込もうと木々の枝葉を揺らして抜けてゆく。

右から迫る騎馬の敵が、馬上から弓を射た。

信平は狐丸で弾き、逃げる銭才めがけて、盛り土のてっぺんから飛ぼうとしたが、一足遅く、逃げられてしまった。

追ってきた佐吉たち家来が、信平を守って周囲を警戒する。だが敵は引き、やがて気配も消えた。

肥前のもとに戻ると、妹を気づかっていた。

佐吉が信平に言う。

「危ないところでした。我らをおびき寄せるために甲斐に嘘を言わせるとは、銭才の野郎、悪知恵だけは働くようです」

一京が賛同して言う。

「銭才を貶めた公儀の者の名を言わなかったのは、嘘を並べたに違いありませぬ。奴は殿がおっしゃるとおり、天下を取りたいだけです」

信平はそれについては答えず、肥前とお絹のところへ歩みを進めた。

「怪我はないか」

気づかうと、肥前がうなずき、お絹に言う。

「このお方は、父上が忠義を尽くした鷹司孝子様の、実の弟だ。そなたを助けるために、力を貸してくださったのだ」

お絹は神妙な面持ちで、信平に頭を下げた。

「無事で何よりじゃ」

信平がそう言った時、お絹は急に、気を失った。

受け止めた肥前が声をかけたが、お絹は目を開けなかった。

「宿へ運ぼう」

信平に応じた肥前はお絹を抱き、門前の旅籠に戻った。

お絹は程なく意識を取り戻したが、身体が弱っているようだ。

肥前はお絹を励ました。

「銭才の手が届く場所から、一日も早く遠ざからねばならぬ。二人で江戸へ行き、静かに暮らそう」

お絹は辛そうに訴えた。

「まだ、長旅はできそうにありませぬ」

「では、ここに逗留して身体を休めよう」

「今いるのは、どこですか」

「東大寺の門前だ」

するとお絹は、首を激しく振った。

「奈良は銭才の手の者が大勢潜んでいます。兄上、今すぐにでも離れなければ、危のうございます。人が多い京へ、連れて行ってください」

「夜はだめだ。夜明けと同時に発ち、そなたの言うとおり京へ行こう。よい医者に見せて養生したあとで、旅に出よう」

「はい」

お絹の承諾を受けて、信平が肥前に言う。

「では、鷹司家にまいろう。旅立ちの日まで、麿たちが守る」

肥前は居住まいを正し、信平に両手をついた。

「これ以上、世話になるわけにはいかぬ」

「よい。そなたたち兄妹は、本理院様が亡くなるまで身を案じられていたのだ。助けるのは、供養だと思うている。銭才を倒すまでは、慎《つつ》ましく暮らしたほうがよい」

神妙な面持ちでうなずいた肥前は、三倉内匠助の太刀を信平に差し出した。だが信平は、受け取らなかった。

「手放すのは、江戸での暮らしが落ち着いてからでも遅くはあるまい」

こうして信平は、旅籠でお絹を休ませ、翌日の昼間に、京の鷹司家に到着した。

蔵に閉じ込められていた甲斐は、信平と肥前が戻ったことに舌打ちし、

「銭才様ともあろうお方がしくじるとは、おれは人選びを間違えたか」

そう言うと、観念して肩を落とした。

信平は、迎えに出た小西昌広に、二人を紹介した。

「こちらが、下川博道殿とお絹殿じゃ」

肥前とお絹に頭を下げ、親戚だと名乗った昌広は、気の毒そうな顔をして落涙し、二人を自分の家に招きたいと言ったが、信平は許さなかった。

「麿の部屋で、養生をさせたい」

昌広は残念そうにしたものの、引き下がった。

肥前とお絹を部屋に連れて入った信平は、佐吉に命じて、加茂光行を招いた。お絹がまだ操られていないか確かめるためだ。

佐吉の案内で部屋に来た光行は、あいさつ代わりに、信平に言う。

「光音は、落ち着いておるぞ」

「それはようございました」

「この娘御か」

信平がうなずくと、光行は厳しい目をした。

佐間一族の術を疑う光行は、大人しく正座しているお絹の正面に座し、調べにかかった。目を見つめ、佐間一族の術に見られる独特の光を宿していないか確かめ、額に指を当てて呪を唱える。そうされてもお絹に変化は起きず、背筋を伸ばして正座していた。

光行は呪を唱えるのをやめ、じっとお絹の目を見た。そして、信平に向いて言う。

「特に怪しいところは見られぬ。どうやら、術は解けておるようじゃ」

安堵の息を吐いた肥前が、光行に言う。

「記憶を取り戻した時に、術が解ける場合があるのか」

光行は、ひとつ息を吐いた。

「そこは分からぬ。今言えるのは、目に妖しい光を宿しておらぬゆえ、操られておる状態ではないということじゃ」

「世話になった」

肥前は光行に頭を下げ、お絹を見た。

「もう大丈夫だ。あとは、ゆっくり養生するだけだ」

「よかったな」

信平が言うと、肥前が嬉しそうにうなずき、お絹は微笑んで頭を下げた。

六

日が西にかたむきはじめた頃、座敷にいる信平のもとに来た頼母が、不思議そうな顔をして声をかけた。

「殿、所司代の手勢が甲斐を受け取りにまいりました」

「ちと、待たせておけ」

文机に向かったままの信平に、頼母は問う。

「筆が止まられているようですが、薫子のことですか」

信平は筆を置き、頼母を見た。

「甲斐から聞いたのか」

「はい。御所にいる薫子を攫うために押し入ったそうですが、殿はご存じでしたか」

「許せ」

「いえ。殿が隠されるのは、よほどの理由とお察しします。帝のおそばにおられる若君と道謙様は、薫子を守られているのですか」

「帝の思し召しゆえ、秘密にせねばならぬ」

頼母は膝行し、両手をついた。

「薫子の存在を知っていて黙っていたのが公儀の耳に入れば、どのようなお咎めがあるか分かりませぬ。攫われておらぬ今なら間に合います。どうか、所司代にお知らせください」

信平は目を閉じ、ひとつ息をついた。

「そなたの忠告はもっともじゃ。されど、麿は知らぬこととなっている」

頼母は目を見張った。

「まさか、若君がお隠しに……」

「信政は、薫子が帝のおそば近くにいるのを偶然知ってしまったらしい。本来ならば、帝に命を奪われても仕方ないところだったが、誰にも言わぬ約束で、お許しをいただいたのだ。それを麿が問い詰め、白状させた」

頼母は頭が切れる。しばし考え、信平に真顔を向けた。

「であれば、甲斐が何を言おうが、帝はお認めになられぬはず。それがしがいらぬ勘繰りをいたしました。お忘れください」

「じゃが、迷うておる。下御門が銭才であったことは知らせるが、かの者が何をたくらみ、何を成し遂げようとしているのかを伝えようとすれば、薫子の存在を明かさねばならぬ。麿が伝えずとも、甲斐がすべてを明かせば、所司代はただちに禁裏付に知らせ、帝におうかがいするであろう」

「それでよろしいのではないでしょうか」

「うむ?」

「殿は薫子の存在をご存じでも、公儀と同じで、今どこにいるかまでは知らぬことにすればよろしいかと。下御門が新しき朝廷を立てようとしていると報告すれば、公儀は重い腰を上げて、本気で潰しにかかるはず。さすれば、殿がお楽になられます」

「頼母、口を慎め」

長らく宇治にいた頼母は、佐吉からこれまでの苦難を聞いたのだろう。そして信政までが巻き込まれていると知り、案じているのだ。

気持ちは分かるが、信平は公儀への不満を漏らす頼母を止めた。徳川に対する気持ちに僅かでもほころびが生じれば、銭才に付け込まれるからだ。

そう説いた信平は、所司代に宛てた文を書き終え、頼母に託した。

受け取ったものの、何を書いたのか心配そうな頼母に、信平は微笑む。

「案ずるな。薫子の所在は、そなたが申すとおり書いておらぬ」

頼母は安堵した。

「帝に従ったとなれば、若君は禁裏付の求めで宮中に留まられたのですから、お咎めはないはずです」

「うむ」

頼母は頭を下げ、甲斐を引き渡しに向かった。

肥前とお絹が気になった信平は、二人がいる部屋に足を運んだ。

房輔の従者が警固する部屋に行くと、お絹は医者に診てもらっていた。付き添う肥前が膝を転じてうやうやしく頭を下げるので、信平は楽にするよう告げて座し、医者の言葉を待った。

脈を取り終えた医者が、お絹に問診をし、改めて肥前に向いた。

「妹御は、命に別状はありませぬ。精の付く物をしっかり摂《と》り、よく眠れば、十日もすれば長旅に耐えうる身体に戻りましょう」

「それを聞いて安堵しました。これをお納めくだされ」

肥前は神妙に礼を言い、紙の包みを受け取った医者は、上機嫌で帰っていった。

仰向けで目を閉じたお絹の、掛布団の乱れを整えた肥前は、次の間に座していた信平を促して廊下に出た。

信平も続いて出ると、肥前はお絹に聞かれぬよう離れた場所で立ち止まり、黄昏《たそがれ》の庭を見ながら言う。

「お絹は、十年前の悲劇をすべて思い出したわけではないようだ。昨日は、信平殿を斬らねば妹を殺すと脅された時、お絹もよく知っていた藤木義隆《ふじきよしたか》殿をおれが斬った時を思い出したらしく、人を斬るなと叫んだようだ」

「親と姉のことは」

肥前は首を横に振った。

「幸い、思い出しておらぬ。昨日とは違い、今はおれのことも兄だと分かっておらぬようだが、妹にとっては、このまま思い出さぬほうがよいかもしれぬ」

「兄上、兄上！」

切迫したお絹の声に驚いた肥前は、部屋に駆け戻った。

信平も行くと、起きて座っていたお絹が、誰もいない部屋の角に向かって悲しげな声を発した。

「兄上、お願いですから、もう人を殺めないで」

泣きながら繰り返すお絹の精神は、やはり尋常ではない様子だ。

妹を抱いた肥前は、背中をさすりながら言う。

「お絹、兄はここにおる。誰も斬らぬ。太刀を置くから案ずるな。早う元気になって、江戸で静かに暮らそう。何も心配ない。落ち着け、落ち着くのだお絹」

強く抱きしめ、背中をさすりながら言葉をかけるうちに、お絹はようやく静かになり、身体から力を抜いた。

ゆっくり横にさせると、お絹は人が違ったように微笑みかけ、安堵した面持ちで目を閉じた。

肥前は信平に顔を向け、この調子だ、という悲しげな顔で顎を引いた。

兄妹を襲った悲劇はまだ終わっておらず、これからも続くのだと思うと、銭才の勝ち誇った顔が目に浮かび、信平のこころはざわついた。肥前を別室に誘い、向き合って問う。

「江戸で頼れる者はいるのか」

「いや。兄妹二人だけだ」

「江戸は日ノ本中から人が集まる。人情も厚く、縁者がおらずとも暮らしやすいとは思うが、お絹殿が落ち着くまで、長旅はよしたほうがよいのではないか。いずれ、麿は江戸に戻る。その時まで、京で養生してはどうか」

肥前は険しい顔をした。

「銭才は、薫子をあきらめぬはず。万が一奴の手に渡れば、京は騒がしくなる。おれはもう、太刀を抜きとうないのだ。江戸では何か物を売って、お絹と静かに暮らしたい。信平殿の世話になっておきながら心苦しいのだが」

新しい暮らしをし、前を向こうとしているのだと思う信平は、黙って顎を引いた。

「すまぬ」

詫びる肥前に、信平は微笑む。

「では、もう何も申すまい。そなたとお絹殿の幸を願う」

肥前はうなずき、両手をついて平伏した。

所司代からの呼び出しが来たのは、夜も更けた頃だった。

自室に戻っていた信平はただちに出かけ、所司代屋敷へ入った。甲斐は厳しい責めを受けたはず。銭才について新たな情報を引き出せているか、気になっていたのだ。むろん、薫子についてもだ。

通された座敷で案じつつ待っていた信平の前に現れた永井尚庸は、表情に焦りがあり笑みはない。向き合って正座するなり、気重そうな息をついた。

「急の呼び出し、お許しくだされ」

「いえ。甲斐は何かしゃべりましたか」

「そのことでご足労願いました。禁裏の、しかも帝がお暮らしになる御所へ押し込むという、罰当たりな所業の狙いを厳しく問いましたが、しゃべりませんでした」

信平は言葉尻に違和感を覚え、永井の目を見た。

「甲斐は今、どうしているのです」

永井は目を横にそらし、唇を噛んだ。

「吊るして打ちながら白状させようとしていた者が、手強い相手につい熱くなりすぎて、千下殿の忠告を忘れておったのです。甲斐が気を失ったと思い下ろした時に縄を抜け、吟味方に襲いかかりました。皆で取り押さえようとしたのですが……」

「逃げられたのですか」

永井は首を横に振った。

「刀を抜いて逃げ道を守る者に飛びかかり、刀身をつかんで己の首を突いたのです」

信平は、甲斐の自害を想像だにしていなかっただけに、言葉もない。

永井が神妙な面持ちで言う。

「下御門を廃れた公家と侮っておりました。与する者が命を絶ってまで守ろうとするほど人望を集めているのならば、厄介ですぞ」

信平はうなずき、思いを述べた。

「下御門は名を捨てて銭才として姿を変え、密かに力を蓄えております。誰が与しているかまでは分かりませぬが、かの者が新しき朝廷を立てた時に、一斉に動くかと」

永井は息を呑んだ。

「信平殿は、どうしてそう思われるのです」

「本理院様の旧領から攫われていた者を取り戻しに奈良の東大寺へ赴いた際、銭才と一戦交えました。その時、本人の口から聞いたのです」

「捕らえなかったのですか」

「不覚にも、逃げられました」

永井は渋い顔でうなずいた。

「信平殿ともあろうお方が逃がすとは……」

「痛恨の極みです」

「いや、甲斐を見ても、下御門の手下は手強い。その者どもを相手に命を落とさなかったのは、信平殿だからこそでしょう。問題は、奴がどこに逃げたかです。この京に入っておれば、また帝のお命が狙われる恐れがあります」

永井は、甲斐の狙いが薫子ではなく、帝の命だったと思っているようだ。

薫子を隠している帝には好都合だが、徳川将軍家の旗本である信平は、薫子の存在を所司代に言えぬ板挟みに、心苦しさを覚えた。

薫子の居場所を公儀が知れば、銭才が生きている限り、容赦なく命を取って後顧の憂いを断つであろう。

今この場で真実を明かせば、公儀をよく思っていない節がある帝と、徳川のあいだに深い溝ができるとも思う信平は、己の気持ちをこころの奥底に押し込めた。

なるようにしかならぬ。

そう自分に言い聞かせ、永井には別のことを告げた。

「銭才が逃げた先に、思い当たる場所がございます」

永井は身を乗り出すように問う。

「どこですか」

「これから申し上げることは、銭才に捕らえられていた加茂家の者が教えてくれました。信じる信じぬは、永井殿のお気持ち次第」

永井は大きく首を縦に振って見せた。

「加茂家は京でも名の知れた存在。町役人が人探しを頼むほどの者ですから、参考までにお聞かせください」

信平はうなずいた。

「加茂家の者は、銭才の隠れ家として、金峰山という文字を記しました。奈良の東大寺へ向かったのは甲斐が告げたからですが、そちらは確かに銭才がいたものの、待ち伏せがあり、罠だった節がございます」

永井は目を見張った。

「では、金峰山こそ敵の本丸だとお考えか」

「新しき朝廷を望む銭才が南北朝を真似ようとしているなら、かつて吉野朝廷が存在した地は、理想郷ではないかと」

永井は困惑の面持ちで考え込み、慎重な様子で言う。

「それを許せば、密かに与する者が挙兵し、戦乱の世に逆戻りだ。結局のところは武力をもって平定することとなり、武家の世が続くだけです。それこそ、無駄な血を流すだけではござらぬか」

「銭才は策を張りめぐらせているはず。真の狙いは、まだ見えておりませぬ」

「新しき朝廷を立てた先に、思いもしないことがあると申されるか」

「南北朝が衰退した時に残ったのは、足利将軍家による一極支配です。銭才とて、それは分かっているはず。何を目論《もくろ》んでおるか分からぬゆえ、不気味なのです」

「奴の思いどおりにさせぬためにも、奴らの理想郷を潰さねばならぬ。ただちに江戸へ早馬を出し、金峰山が怪しいと知らせます」

「ご公儀は、加茂家の告げを信じましょうか」

「これは賭けです。加茂家の名は伏せ、下御門の潜伏が怪しまれるとお知らせし、所司代の名をもって兵を向ける許しを願う所存。その時は信平殿、合力を願います」

「承知いたしました」

「ではさっそく」

支度に入るという永井を見送った信平は、所司代屋敷を辞し、鷹司家に戻った。

七

何ごともなく、静かに時が流れ、お絹を助け出して三日が過ぎた。

お絹を見守っていた肥前は、様子を見に来た信平と廊下で向き合い、養生のおかげで徐々に元気を取り戻していると言い、京を発つ日も遠くないはずだと告げた。

「無理をしておらぬか」

鷹司家へ対する遠慮があるのではないかと案じる信平に、肥前は屈託のない笑みを浮かべる。

「妹は、もう心配ない。昼間も、よう笑《わろ》うて話をしてくれた。幸か不幸か、記憶がないおかげで、銭才に辛い目に遭わされたことも覚えていないようなのだ。それゆえ、おれを兄と呼び、外の話を聞きたがる。前を向いている今こそ旅をさせ、江戸で新たな暮らしをさせてやりたいのだ」

「それを聞いて安堵した」

信平は、横になって眠っているお絹を見た。確かに顔色はよくなっており、肥前の言葉に偽りはないようだ。

肥前は薄い笑みを浮かべた。

「そなたとは、もっと早く知り合いたかった。いつになるか分からぬが、妹のこころの傷が癒えた時は、二人で会いにゆく」

「では、その日を楽しみにしておこう」

肥前は真顔になり、信平に一歩近づいた。

「約束だ。銭才との戦いに勝ち、必ず生きて江戸に戻ってくれ」

「うむ。そなたも、もう二度と、銭才に関わるな」

「分かった」

肥前は信平の目を見て、力強くうなずいて見せた。

房輔に呼ばれていると言う信平を見送った肥前は、部屋に入り、お絹のそばに座した。

夕餉を残さず食べたお絹の快復は近い。江戸で落ち着いたあかつきには牡丹村へ行き、家族の墓前で妹の無事を報告しようとこころに決め、穏やかな寝顔に目を細めた。

お絹が目をさました。

「すまぬ、起こしてしまった」

肥前が言うと、お絹は微笑んで起き、首を横に振った。

「兄上」

「うむ」

「今日は気分がよいので、湯を使いたいのですが」

牡丹村で家族と幸せに暮らしていた時も湯あみが好きだった妹のために、肥前は控えている鷹司家の従者に頼んだ。

応じた従者は下がり、程なく戻ってきて許しが出たと言う。

共に来ていた侍女が、お絹を湯殿に案内すると言い、肥前は頭を下げて頼んだ。

お絹は嬉しそうに肥前を見て、侍女に付いて廊下を歩み、角を曲がっていった。

湯殿に案内されたお絹は、引き戸を開けてくれた侍女に頭を下げて礼を言い、中に入った。

若い侍女が笑顔で言う。

「近くにいますから、お湯加減など遠慮せずにおっしゃってください」

そう言って出ようとした侍女の背中に、お絹は突如襲いかかった。声をあげようとする口を塞いで引き込み、戸を閉めた。気絶させた侍女の帯を解き、着物を奪って着替えると、屋敷を抜け出した。

夜道を走るお絹の顔つきは、別人のように険しい。

警固の一隊が道を回ってきたのを見て暗がりに潜み、通り過ぎるのをじっと待つ。物音に気付いて身構えると、暗がりから近江が現れた。

「うまくいったようだな」

「はい」

「では、言われたとおりにやれ。ここで待っておる」

近江は小太刀を差し出した。

受け取ったお絹は、音もなく通りを横切り、御所の土塀を身軽に越えた。

それを見ていた近江が、鼻先で笑う。

「猿姫とは、よう言うたものだ」

忍び込んだお絹は、禁裏御所を知る銭才から教えられたとおりの場所へ走り、殿舎と殿舎のあいだに潜んで様子を探った。頭に入れている絵図と同じ殿舎の部屋に明かりが灯っているのを認め、唇に笑みを浮かべる。

「銭才様、お役に立って見せまする」

そう独りごち、暗い庭を横切って縁側に上がり、障子を開けた。

大きく目を見開いて振り向いたのは、長い髪に櫛《くし》を通していた薫子だ。

帝から、もう大丈夫だと言われて自室に戻っていた薫子は、見知らぬ女の鬼気迫る顔に身の危険を感じて逃げようとしたが、長い髪を鷲づかみにされ、引き倒された。

「信政様！」

声をあげた薫子は口を塞がれ、喉に小太刀を当てられた。

「大人しく従えば命は取らぬ。帝のところへ案内しろ」

薫子は行かぬ意思を示すため首を横に振ろうとしたが、強く押さえられて動けない。無理やり立たされ、外へ出た。

道謙と自室にいた信政は、薫子の声を聞いて廊下を走っていた。庭に下りた二つの人影を見て廊下から飛び下り、ゆく手を塞いだ。

お絹は信政を睨み、後ろに続く道謙も睨んで薫子の首に小太刀を向ける。

「そこをどけ」

「信政、引け」

道謙に言われた信政は、何もできぬまま従うしかなかった。

お絹は薫子を盾にして移動してゆく。

信政が追おうとすると、

「そこを動くな!」

お絹は強い口調で言った。油断なく下がり、御所の裏門へ向かうべく広場を進む前方に、肥前と信平が現れた。

お絹は肥前に、殺気に満ちた目を向けて言う。

「おのれ、信じていなかったのか」

「信じていた。意識を取り戻した侍女が助けを求めるまではな」

「どうしてここだと分かった」

「おれが何年銭才に使われていたと思っている。奴は、そなたから家族を奪ったのだぞ」

「嘘だ。わたしは親に捨てられた。銭才様は、そんなわたしを育ててくださったのだ」

「目をさませお絹！　銭才が言うことはすべて嘘だ。そなたは、奴に操られているのだ」

「銭才様を裏切ったお前の言葉など信じぬ」

お絹は薫子を皇女とは知らず盾にして脅し、道を空けさせようとした。

だが、肥前はどかぬどころか、一歩前に出た。

「何が狙いでここに入った」

「決まっておろう。帝に囚われている皇女様を助け出すためだ」

「帳成雄の偽りごとに、銭才が踊らされているだけだ。皇女はここにおらぬ。そうであろう、信平殿」

肥前に賛同を求められた信平は、すぐさま応じた。

「さよう。皇女はおらぬ」

お絹は信平を睨んだ。

「嘘だ！　ここにいるのは分かっている」

「おらぬ！」

肥前は大声をあげ、手を差し伸べて近づいた。

「もうよせお絹。刀をよこせ」

目を見開いていたお絹は、小太刀を下ろした。あきらめたと皆が思った刹那に、薫子を肥前に向けて突き飛ばした。

倒れそうになった薫子を肥前が抱き止めた刹那、お絹は薫子に小太刀の切っ先を向けて迫った。

肥前は咄嗟に薫子をかばって向きを変えた。その背中にお絹がぶつかり、唇に嬉々《きき》とした笑みを浮かべて言う。

「かかったな。銭才様がおっしゃるとおり、愚かな奴」

無情の言葉を聞きつつ、歯を食いしばった肥前は、薫子に刃が届かぬよう、腹から突き出ている切っ先を手で押さえていた。

絶句している薫子に微笑んだ肥前は、信平に向けて背中を押した。

引き取った信平に、肥前が言う。

「手出し、無用」

肥前が小太刀から手を離すと、お絹は抜いて下がった。

振り向いた肥前は、お絹に穏やかな笑みを向けて言う。

「藤木義隆殿に手解《てほど》きを受けた小太刀は、忘れておらぬようだな」

「剣術は、銭才様にお教えいただいた。藤木など知らぬ」

「そうか。どうやら、何を言うても思い出さぬようだ。だが、この程度の傷でおれは殺せぬぞ。狙うなら、ここだ」

左の胸をたたいた肥前は、お絹に不敵な笑みを見せた。そして太刀を抜き、峰に返して右手に下げた。肥前を見るお絹の目には、感情がない。

肥前の知らぬところで、銭才はお絹を刺客に育てていたのだ。

「来ぬならまいる！」

肥前が怒鳴ると、お絹は一足飛びに迫り、無情の小太刀を兄の胸に突き入れた。

一歩も動かず受け止めた肥前は、お絹を左腕で抱き、離さぬ。

抗うお絹を愛情に満ちた顔で抱いたまま、右手ににぎる太刀を逆手に持ち替え、横から差し違えた。

心ノ臓を突かれたお絹は目を見張り、首を垂れた。

抱いたまま崩れるように座った肥前は、信平に微笑む。

「おれは、大勢の人を殺めてきた。妹を両親のもとへ送り届けたのちは、地獄に落ちよう」

　そう言い残して、座したままこと切れた。

　信平は、信政に薫子を託し、肥前のもとへ歩み寄る。そして、哀れな兄妹を横にさせ、死を悼んだ。

　お絹の瞼を閉じてやり、肥前の顔を見た。死しても苦渋の表情をしている。家族で安寧に暮らしていたであろう牡丹村の景色が脳裏に浮かんだ信平は、きつく目を閉じた。

「そなたの無念は、麿が必ず晴らす」

　そう告げて立ち、薫子を守る信政と目を合わせ、道謙には頭を下げた。

　兄妹を弔うべく、禁裏付の手を借りて運び出す信平に、道謙が言う。

「わしに考えがある。薫子のことは案ずるな」

「頼みます」

　頭を下げて立ち去ろうとする信平に、道謙が声をかける。

「信平、そなたの怒りは、下御門の思う壺と心得よ」

　信平は止まって振り返り、うなずいた。

「お教え、胸に刻みまする」

御所から出た信平は、ふと足を止め、通りの右に顔を向けた。篝火が焚《た》かれた通りに人影はない。

気のせいかと思う信平は、兄妹を運ぶ者を追って歩みを進めた。

公家屋敷の土塀の角に背中をつけて潜んでいた近江は、お絹の死を知り、舌打ちして走り去った。

薫子を隣の部屋で休ませた道謙は、信政と向き合って言う。

「信平の顔を見たか。わしは、激しい感情を面に出した弟子を見たことがない」

「わたしも、初めて見ました」

「先ほどの兄妹の有様《ありさま》を見る限り、下御門めは、わしが思う以上に、人のこころを利用する術に優れておる。信平がその術中に落ちなければよいが」

「心配いりませぬ。父上を怒らせた下御門のほうこそ、身を滅ぼすことになりましょう」

信じて疑わぬ信政に、道謙は目を細めた。

「ほほ、いらぬ心配をしたようじゃ」

本書は講談社文庫のために書下ろされました。

|著者|佐々木裕一　1967年広島県生まれ、広島県在住。2010年に時代小説デビュー。「公家武者　信平」シリーズ、「浪人若さま新見左近」シリーズのほか、「若返り同心　如月源十郎」シリーズ、「身代わり若殿」シリーズ、「若旦那隠密」シリーズなど、痛快かつ人情味あふれるエンタテインメント時代小説を次々に発表している時代作家。本作は公家出身の侍・松平信平が主人公の大人気シリーズ、第11弾。

雲雀《ひばり》の太刀《たち》　公家武者《くげむしゃ》 信平《のぶひら》(十一)

佐々木裕一《ささきゆういち》

講談社文庫
定価はカバーに
表示してあります

2021年10月15日第１刷発行

KODANSHA

発行者——鈴木章一
発行所——株式会社　講談社
東京都文京区音羽2-12-21　〒112-8001
電話　出版　(03)　5395-3510
　　　販売　(03)　5395-5817
　　　業務　(03)　5395-3615

Printed in Japan

デザイン—菊地信義
本文データ制作—講談社デジタル製作
印刷———凸版印刷株式会社
製本———株式会社国宝社

ISBN978-4-06-525964-1

講談社文庫刊行の辞

二十一世紀の到来を目睫に望みながら、われわれはいま、人類史上かつて例を見ない巨大な転換期をむかえようとしている。

世界も、日本も、激動の予兆に対する期待とおののきを内に蔵して、未知の時代に歩み入ろうとしている。このときにあたり、創業の人野間清治の「ナショナル・エデュケイター」への志を現代に甦らせようと意図して、われわれはここに古今の文芸作品はいうまでもなく、ひろく人文・社会・自然の諸科学から東西の名著を網羅する、新しい綜合文庫の発刊を決意した。

激動の転換期はまた断絶の時代である。われわれは戦後二十五年間の出版文化のありかたへの深い反省をこめて、この断絶の時代にあえて人間的な持続を求めようとする。いたずらに浮薄な商業主義のあだ花を追い求めることなく、長期にわたって良書に生命をあたえようとつとめるところにしか、今後の出版文化の真の繁栄はあり得ないと信じるからである。

同時にわれわれはこの綜合文庫の刊行を通じて、人文・社会・自然の諸科学が、結局人間の学にほかならないことを立証しようと願っている。かつて知識とは、「汝自身を知る」ことにつきていた。現代社会の瑣末な情報の氾濫のなかから、力強い知識の源泉を掘り起し、技術文明のただなかに、生きた人間の姿を復活させること。それこそわれわれの切なる希求である。

われわれは権威に盲従せず、俗流に媚びることなく、渾然一体となって日本の「草の根」をかたちづくる若く新しい世代の人々に、心をこめてこの新しい綜合文庫をおくり届けたい。それは知識の泉であるとともに感受性のふるさとであり、もっとも有機的に組織され、社会に開かれた万人のための大学をめざしている。大方の支援と協力を衷心より切望してやまない。

一九七一年七月

野間省一

講談社文庫 最新刊

大沢在昌 **亡命者**〈ザ・ジョーカー 新装版〉
受けた依頼はやり遂げる請負人ジョーカー。渾身のハードボイルド人気シリーズ第2作。

田中芳樹 **海から何かがやってくる**〈薬師寺涼子の怪奇事件簿〉
敵は深海怪獣、自衛隊、海上保安庁!? 警視庁の破壊の女神、絶海の孤島で全軍突撃《ヤシャスィーン》！

宮西真冬 **友達未遂**
全寮制の女子校で続発する事件に巻き込まれた少女たちを描く各紙誌絶賛のサスペンス。

木内一裕 **飛べないカラス**
すべてを失った男への奇妙な依頼は、彼を運命の女へと導く。大人の恋愛ミステリ誕生。

斎藤千輪 **神楽坂つきみ茶屋3**〈想い人に捧げる鍋料理〉
現代に蘇った江戸時代の料理人・玄の前に、死別したはずの想い人の姿が!? 波乱の第3弾！

横関大 **ピエロがいる街**
地方都市に現れて事件に立ち向かう謎のピエロ、その正体は。どんでん返しに驚愕必至！

舞城王太郎 **されど私の可愛い檸檬**
どんなに歪《いびつ》でも、変でも、そこは帰る場所。理不尽だけど愛しい、家族を描いた小説集！

トーベ・ヤンソン **ムーミン ぬりえダイアリー**
ムーミン谷の仲間たちのぬりえが楽しめる、自由に日付を書き込めるダイアリーが登場！

講談社タイガ

乙野四方字 原作：吉浦康裕 **アイの歌声を聴かせて**
ポンコツAIが歌で学校を、友達を救う!? 青春SFアニメーション公式ノベライズ！

城平京 **虚構推理短編集 岩永琴子の純真**
雪女の恋人が殺人容疑に!? 人と妖怪の甘々な恋模様も見逃せない人気シリーズ最新作！

浜口倫太郎 **ゲーム部はじめました。**
青春は、運動部だけのものじゃない！ ゲーム甲子園へ挑戦する高校生たちの青春小説！

講談社文庫　目録

島田荘司　御手洗潔の挨拶
島田荘司　御手洗潔のダンス
島田荘司　水晶のピラミッド
島田荘司　眩（めまい）暈
島田荘司　アトポス
島田荘司　異邦の騎士〈改訂完全版〉
島田荘司　御手洗潔のメロディ
島田荘司　Ｐの密室
島田荘司　ネジ式ザゼツキー
島田荘司　都市のトパーズ2007
島田荘司　21世紀本格宣言
島田荘司　帝都衛星軌道
島田荘司　ＵＦＯ大通り
島田荘司　リベルタスの寓話
島田荘司　透明人間の納屋
島田荘司　占星術殺人事件〈改訂完全版〉
島田荘司　斜め屋敷の犯罪〈改訂完全版〉
島田荘司　星籠《せいろう》の海（上）（下）
島田荘司　屋上

島田荘司　名探偵傑作短篇集 御手洗潔篇
島田荘司　火刑都市〈改訂完全版〉
島田荘司　暗闇坂の人喰いの木〈改訂完全版〉
清水義範　蕎麦《そば》ときしめん
清水義範　国語入試問題必勝法〈新装版〉
椎名　誠　にっぽん・海風魚旅〈怪し火さすらい編〉
椎名　誠　大漁旗ぶるぶる乱風編〈にっぽん・海風魚旅4〉
椎名　誠　南シナ海ドラゴン編〈にっぽん・海風魚旅5〉
椎名　誠　風のまつり
椎名　誠　ナマコ
椎名　誠　埠頭三角暗闇市場
真保裕一　取引
真保裕一　震源
真保裕一　盗聴
真保裕一　朽ちた樹々の枝の下で
真保裕一　奪取（上）（下）
真保裕一　防壁
真保裕一　密告
真保裕一　黄金の島（上）（下）

真保裕一　発火点
真保裕一　夢の工房
真保裕一　灰色の北壁
真保裕一　覇王の番人（上）（下）
真保裕一　デパートへ行こう！
真保裕一　アマルフィ〈外交官シリーズ〉
真保裕一　天使の報酬〈外交官シリーズ〉
真保裕一　アンダルシア〈外交官シリーズ〉
真保裕一　ダイスをころがせ！（上）（下）
真保裕一　天魔ゆく空（上）（下）
真保裕一　ローカル線で行こう！
真保裕一　遊園地に行こう！
真保裕一　オリンピックへ行こう！
真保裕一　連鎖〈新装版〉
篠田節子　弥勒
篠田節子　転生
篠田節子　竜と流木
重松　清　定年ゴジラ
重松　清　半パン・デイズ

柴崎竜人　三軒茶屋星座館3〈春のカリスト〉
柴崎竜人　三軒茶屋星座館4〈秋のアンドロメダ〉
周木　律　眼球堂の殺人〈～The Book～〉
周木　律　双孔堂の殺人〈～Double Torus～〉
周木　律　五覚堂の殺人〈～Burning Ship～〉
周木　律　伽藍堂の殺人〈～Banach-Tarski Paradox～〉
周木　律　教会堂の殺人〈～Game Theory～〉
周木　律　鏡面堂の殺人〈～Theory of Relativity～〉
周木　律　大聖堂の殺人〈～The Books～〉
下村敦史　闇に香る嘘
下村敦史　生還者
下村敦史　叛《はん》徒《と》
下村敦史　失踪者
下村敦史　緑の窓口〈樹木トラブル解決します〉
九把刀　阿井幸作／泉京鹿 訳　あの頃、君を追いかけた
神護かずみ　ノワールをまとう女
四戸俊成　芹沢政信　神在月のこども
杉本苑子　孤愁の岸(上)(下)
鈴木光司　神々のプロムナード

鈴木英治　大江戸監察医
杉本章子　お狂言師歌吉うきよ暦
杉本章子　大奥二人道成寺〈お狂言師歌吉うきよ暦〉
諏訪哲史　アサッテの人
菅野雪虫　天山の巫《み》女《こ》ソニン(1)　黄金の燕
菅野雪虫　天山の巫《み》女《こ》ソニン(2)　海の孔雀
菅野雪虫　天山の巫《み》女《こ》ソニン(3)　朱鳥《あけがらす》の星
菅野雪虫　天山の巫《み》女《こ》ソニン(4)　夢の白鷺
菅野雪虫　天山の巫《み》女《こ》ソニン(5)　大地の翼
鈴木大介　ギャングース・ファイル〈家のない少年たち〉
鈴木みき　日帰り登山のススメ〈あした、山へ行こう！〉
砂原浩太朗　いのちがけ〈加賀百万石の礎〉
瀬戸内寂聴　新寂庵説法　愛なくば
瀬戸内寂聴　人が好き［私の履歴書］
瀬戸内寂聴　白道
瀬戸内寂聴　寂聴相談室人生道しるべ
瀬戸内寂聴　瀬戸内寂聴の源氏物語
瀬戸内寂聴　愛する能力
瀬戸内寂聴　藤壺

瀬戸内寂聴　生きることは愛すること
瀬戸内寂聴　寂聴と読む源氏物語
瀬戸内寂聴　月の輪草子
瀬戸内寂聴　新装版　寂庵説法
瀬戸内寂聴　死に支度
瀬戸内寂聴　新装版　蜜と毒
瀬戸内寂聴　新装版　花《か》怨《えん》
瀬戸内寂聴　新装版　祇《ぎ》園《おん》女《にょう》御《ご》(上)(下)
瀬戸内寂聴　新装版　かの子撩乱
瀬戸内寂聴　新装版　京まんだら(上)(下)
瀬戸内寂聴　いのち
瀬戸内寂聴　花のいのち
瀬戸内寂聴　ブルーダイヤモンド〈新装版〉
瀬戸内寂聴・訳　源氏物語　巻《まき》一《いち》
瀬戸内寂聴・訳　源氏物語　巻《まき》二《に》
瀬戸内寂聴・訳　源氏物語　巻《まき》三《さん》
瀬戸内寂聴・訳　源氏物語　巻《まき》四《し》
瀬戸内寂聴・訳　源氏物語　巻《まき》五《ご》
瀬戸内寂聴・訳　源氏物語　巻《まき》六《ろく》

講談社文庫　目録

高杉　良　乱　気　流　(上)(下)
高杉　良　小説 会　社　再　建
高杉　良　小説 ザ・ゼネコン
高杉　良　新装版 懲戒解雇
高杉　良　新装版 大　逆　転！〈小説 三菱・第一銀行合併事件〉
高杉　良　新装版 バンダルの塔
高杉　良　第　四　権　力〈巨大メディアの罪〉
高杉　良　巨大外資銀行
高杉　良　最強の経営者〈アサヒビールを再生させた男〉
高杉　良　リ　ベ　ン　ジ〈巨大外資銀行〉
高杉　良　新装版 会　社　蘇　生
竹本健治　新装版 匣《はこ》の中の失楽
竹本健治　囲碁殺人事件
竹本健治　将棋殺人事件
竹本健治　トランプ殺人事件
竹本健治　狂い壁　狂い窓
竹本健治　涙《るい》　香《こう》　迷《めい》　宮《きゅう》
竹本健治　新装版 ウロボロスの偽書 (上)(下)
竹本健治　ウロボロスの基礎論 (上)(下)
竹本健治　ウロボロスの純正音律 (上)(下)
高橋源一郎　日本文学盛衰史
高橋克彦　写楽殺人事件
高橋克彦　総　門　谷
高橋克彦　炎《ほむら》立つ　壱　北の埋み火
高橋克彦　炎立つ　弐　燃える北天
高橋克彦　炎立つ　参　空への炎
高橋克彦　炎立つ　四　冥き稲妻
高橋克彦　炎立つ　伍　光彩楽土〈全五巻〉
高橋克彦　火　怨 (上)(下)〈北の燿星アテルイ〉
高橋克彦　水　壁〈アテルイを継ぐ男〉
高橋克彦　天を衝く(1)〜(3)
高橋克彦　風の陣　一　立志篇
高橋克彦　風の陣　二　大望篇
高橋克彦　風の陣　三　天命篇
高橋克彦　風の陣　四　風雲篇
高橋克彦　風の陣　五　裂心篇
髙樹のぶ子　オライオン飛行
田中芳樹　創竜伝1〈超能力四兄弟《ドラゴン》〉
田中芳樹　創竜伝2〈摩天楼の四兄弟《ドラゴン》〉
田中芳樹　創竜伝3〈逆襲の四兄弟《ドラゴン》〉
田中芳樹　創竜伝4〈四兄弟《ドラゴン》脱出行〉
田中芳樹　創竜伝5〈蜃気楼都市《ミラージュ・シティ》〉
田中芳樹　創竜伝6〈染血の夢《ブラッディ・ドリーム》〉
田中芳樹　創竜伝7〈黄土のドラゴン〉
田中芳樹　創竜伝8〈仙境のドラゴン〉
田中芳樹　創竜伝9〈妖世紀のドラゴン〉
田中芳樹　創竜伝10〈大英帝国最後の日〉
田中芳樹　創竜伝11〈銀月王伝奇〉
田中芳樹　創竜伝12〈竜王風雲録〉
田中芳樹　創竜伝13〈噴火列島〉
田中芳樹　魔　天　楼〈薬師寺涼子の怪奇事件簿〉
田中芳樹　東京ナイトメア〈薬師寺涼子の怪奇事件簿〉
田中芳樹　巴里《パリ》・妖　都　変〈薬師寺涼子の怪奇事件簿〉
田中芳樹　クレオパトラの葬送〈薬師寺涼子の怪奇事件簿〉
田中芳樹　黒蜘蛛島《ブラックスパイダー・アイランド》〈薬師寺涼子の怪奇事件簿〉
田中芳樹　夜　光　曲〈薬師寺涼子の怪奇事件簿〉
田中芳樹　魔境の女王陛下〈薬師寺涼子の怪奇事件簿〉

2021年 9月 15日現在